从地球到月球

De la Tierra a la Luna

[法]儒略·凡尔纳 / 著
[西]奥古斯丁·科莫托 / 绘
陈筱卿 / 译

中国经济出版社
CHINA ECONOMIC PUBLISHING HOUSE
·北 京·

图书在版编目（CIP）数据

从地球到月球／（法）儒略·凡尔纳著；（西）奥古斯丁．科莫托绘；陈筱卿译．-- 北京：中国经济出版社，2024.4

（银河少年科幻名著金奖美绘系列）

ISBN 978-7-5136-7626-7

Ⅰ.①从… Ⅱ.①儒… ②奥… ③陈… Ⅲ.①幻想小说-法国-近代 Ⅳ.①I565.44

中国国家版本馆 CIP 数据核字（2024）第 015907 号

责任编辑　龚风光　陶栎宇
责任印制　马小宾
封面设计　平　平

出版发行　中国经济出版社
印 刷 者　北京艾普海德印刷有限公司
经 销 者　各地新华书店
开　　本　710mm×1000mm　1/16
印　　张　17
字　　数　175 千字
版　　次　2024 年 4 月第 1 版
印　　次　2024 年 4 月第 1 次
定　　价　88.00 元
广告经营许可证　京西工商广字第 8179 号

中国经济出版社 **网址** www.economyph.com **社址** 北京市东城区安定门外大街 58 号 **邮编** 100011
本版图书如存在印装质量问题，请与本社销售中心联系调换（联系电话：010-57512564）

推荐序

幻海泛起智慧之光

王晋康

在地球的每个角落，都不乏喜爱科幻、奇幻文学的读者，尤其是青少年读者。对于这类作品的喜爱，或许源于人们仰望星空或纵览山川湖海时产生的对世间万物的向往与好奇，那神秘的未知世界，无时不激发着人类浪漫的想象力或理性的求知欲。回溯以往，仰视漫天璀璨星斗，是否点亮了初民对世界最初的思考？毕竟，智慧往往诞生于人类向外观察宇宙、向内审视自身的刹那间。

而现代人从外太空观察地球又是怎样的感受呢？ 2022 年 10 月，意大利女航天员萨曼莎・克里斯托福雷蒂从国际空间站遥望地球时，引用中国古代书法家王羲之《兰亭集序》中的名句“仰观宇宙之大，俯察品类之盛，所以游目骋怀，足以极视听之娱，信可乐也”，引发了全球网友的热议，人们惊叹距今 1600 余年的先贤那超越时空的眼界与胸怀，也“刷新”了当代人对科学技术和人文学科相结合的认知——科学与文化的发展，如同人类文明的两翼，共同支撑起现代文明的坚实根基。

科技与人文的结合，也是“银河少年科幻 / 奇幻名著金奖美绘”丛书的出版初衷。丛书囊括了科幻小说、动物小说、冒险故事、童话和寓言，内容处处不离一个“幻”字——不论是科幻经典还是奇幻经典，都有着超越时代、常读常新的理性精神与艺术价值。

其中，科幻系列包括“科幻小说之母”玛丽·雪莱和“科幻小说之父”凡尔纳的名作：《科学怪人》《从地球到月球》《海底两万里》。作为科幻文学的开山之作，《科学怪人》以弗兰肯斯坦博士制造巨人为主线探索生命科学，以诗性的语言、充满戏剧张力的矛盾冲突，对科学发展与社会伦理作出振聋发聩的预言。同样是科幻文学的奠基之作，凡尔纳的《从地球到月球》《海底两万里》把视线投向了神秘的太空与深海，畅想了天文学、弹道学、力学、化学、材料学、海洋学、生物学等诸多学科在工业领域的应用。作品深刻影响了“火箭之父”冯·布劳恩、现代航天学和火箭理论奠基人康斯坦丁·齐奥尔科夫斯基、美国天文学家埃德温·哈勃、第一个进入太空的人加加林，也包括刘慈欣与我等科幻作家，虽然其中的一些细节已被时代所超越，但蕴含的开创意义和探索精神，至今熠熠生辉。

奇幻系列则包括情节更加奇特、浪漫的《变形记》《野性的呼唤》《出卖影子的人》《想当国王的人》，作者分别是文学大师卡夫卡、杰克·伦敦、沙米索和诺贝尔文学奖得主吉卜林。这些作品倾向于人文精神的启蒙，以讲述人与人的关系、人与世界的关系、人与自身的关系、人与梦想的博弈的四个寓言，对人性发出了终极的考问。

好故事离不开优秀的译本，精彩的插画则会为读者带来身临其境的感受。相信这套集“名著、名译、名绘”于一体的丛书的出版，会为青少年读者带来充满艺术气息、人文理想气息和经典气息的不同凡响的阅读体验，也希望每一代孩子都在科学熏陶和人文情怀下获得茁壮成长！

目录
CONTENTS

第1章 枪炮俱乐部

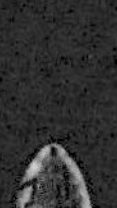

美国南北战争[1]期间，马里兰[2]中部的巴尔的摩城成立了一个颇具影响的俱乐部。大家知道那些船主、商贾（gǔ）和机械师的军事才能得到了多么大的发挥和展现。一些普普通通的商人，没有经过西点[3]的任何训练，便走出自己的商店，摇身一变，竟然变成了上尉、上校或将军。很快，他们在“军事艺术”方面便与他们欧洲大陆的同行们并驾齐驱，不相上下了，并且同他们一样凭借大量的炮弹、金钱和人力取得了一些胜利。

但是，在弹道科学方面，美国人却远远超过欧洲人。这并不是说他们的武器达到了一个更完美的程度，而是指他们的武器体积极大，因此其射程极远，至今少见。就平射、俯射、直射、斜射、纵射、反射而言，英国人、法国人、普鲁士人均已达到接近完善的程度，但是，他们的大炮、榴弹炮、迫击炮与美国的巨型大炮相比就小巫见大巫了，如同一把小手枪而已。

---

[1] 南北战争，又称“美国内战”，是1861—1865年，美国北部资本雇佣劳动制各州与南部种植园奴隶制各州之间的战争，以南部投降为结束。

[2] 马里兰，美国的一个州，位于美国东海岸。

[3] 西点，指西点军校，美国著名的军事院校。

对此，无人感到惊讶。如同意大利人深谙（ān）音乐，德国人擅长玄学一样，美国北佬[1]这些世界最早的技师是天生的工程师。因此，当人们看到他们在弹道科学方面大胆地运用其聪明才智也就不足为奇了。而这些巨型大炮虽然远不如缝纫机来得那么实用，但也还是令人惊奇、钦羡不已的。大家知道，在这一方面，帕罗特、达尔格林、罗德曼等功不可没。而“阿姆斯特隆”“帕利塞”和博利厄的“特勒伊”等大炮在它们大洋彼岸的对手面前只好甘拜下风，俯首称臣了。

因此，在那场北派和南派的可怕的战争中，炮兵占据了显赫的地位；合众国[2]的报纸大肆地颂扬他们的创造发明，以至于连小商小贩和街头小混混也没日没夜地绞尽脑汁在计算一些不着边际的弹道轨迹。

每当一个美国人有了一个想法，他就会寻找另一个美国人来商讨这个想法，而一旦有了三个人，那他们就会选出一个主席和两个秘书来。等有了第四个人时，他们就任命一个资料保管员，办公室便开始运作了。等有了五个人时，他们便召开全体大会，俱乐部就宣告成立。巴尔的摩城的俱乐部就是这种情况。第一个设计新型大炮者，与第一个铸造该大炮以及第一个为之打孔的人相互合作。他们三人便成为枪炮俱乐部（又称“大炮俱乐部”）的核心。俱乐部成立一个月后，拥有正式会员一千八百三十三人，通讯会员三万零五百七十五人。

凡参加该俱乐部者都必须具备一个条件，即设计过或至少是改良过一门大炮；如果没有设计或改良过大炮，那么设计或改良过任何一种火器也可。不过，说实在的，那些设计过十五响左轮手枪、轮盘式卡宾枪或刀式手枪者不太受推崇，而大炮发明家则在各个方面都远胜前者一筹。

---

[1] 北佬，指美国南北战争时期的北方一派。

[2] 合众国，指美国，美国全称美利坚合众国。

“他们所受到的敬重，”有一天，枪炮俱乐部最资深的演说家中的一位说道，“是与他们的大炮的大小成正比的，而且与其炮弹‘射程的面积’相关的！”

这可以说是牛顿的万有引力定律在精神层面上的运用。

人们很容易想象得出，枪炮俱乐部成立之后，美国人的创造才能在这一方面产生了多大的效果。战火中的炮弹体积庞大，而且射程超出现有距离，能够将平民百姓炸得血肉横飞。从下面的数据便可以判断出来，所有这些发明将欧洲的那些可怜兮兮的武器装备远远地抛到了后面。

从前，“在美好的年代”，一枚三十六磅[1]的炮弹，在三百英尺开外，可以击中三十六匹马和六十八个人。那是炮弹技术的初始期。此后，炮弹技术在向前发展。罗德曼炮可以把一枚重半吨的炮弹发射到七英里[2]远处，且能轻易地炸死一百五十匹马和三百个人。枪炮俱乐部甚至考虑要对此做一次正式的试验。不过，如果说马匹不会反对这种试验，那么要想找到愿意作为试验品的人却难上加难。

总之，这些大炮具有巨大的杀伤力，每一次发射，士兵们都会像被镰刀割下的麦子似的纷纷倒地。一五八七年，一枚威力巨大的炮弹在古特拉斯炸死二十五名士兵；一七五八年，在左尔多夫，另一枚炮弹炸死四十名步兵；一七四二年，那门奥地利的凯塞尔多夫大炮，每一枚炮弹都能炸死七十个敌人。但是，与罗德曼炮相比，它们又算得了什么呢？那些决定战役成败的易埃纳[3]或奥斯特里茨[4]的惊人的大炮又算得了什么

[1] 磅，英美制质量或重量单位。1 磅合 0.4526 千克。

[2] 英里，英美制长度单位，在英国及其前殖民地和英联邦国家使用。1 英里等于 5280 英尺，合 1.6093 千米（公里）。

[3] 易埃纳，德国东部城市。

[4] 奥斯特里茨，捷克地名。拿破仑曾在此大胜亚历山大一世和弗朗索瓦二世统率的普俄联军。

呢？我们还见到过其他许许多多的南北战争期间的大炮！在格梯斯堡[1]的战斗中，由一门滑膛炮发射的一枚锥形炮弹打死了一百七十三名南军士兵；而在波多马克河[2]渡口，一枚罗德曼炮弹竟将两百一十五名南军士兵送往一个显然更美好的世界去了。还必须提到一种非常可怕的迫击炮，是由枪炮俱乐部杰出会员和终身秘书J.–T. 马斯顿发明的，其杀伤力更大，试炮时，一炮就打死了三百三十七人——真的是轰然一声巨响，无数生命化为灰烬！

这么多令人信服、感佩的数字，还不足以让我们心悦诚服吗？同样，我们也完全赞同统计学家皮特凯恩所进行的下面的推算：他用枪炮俱乐部会员的人数除被炮弹炸死的人数，竟然发现枪炮俱乐部会员每个人"平均"杀死了两千三百七十五人还多一点儿。

从这一数字可以明显地看出，这个学者团体唯一关注的是为了一个博爱的目的而毁灭人类，并不断改进被他们视作文明工具的战争武器。

这是一个"死亡天使"组织，里面都是世界上最杰出的人才。

必须补充一句，这帮天不怕地不怕的美国佬，并不是纸上谈兵，而是身体力行，还不怕牺牲自己的生命。他们中间有各种军阶的军官，有中尉，有将军，有年龄大小不一的军人，有刚入伍不久的新兵，也有老死在炮位上的老兵。许多人都战死在了疆场，他们的名字被留在枪炮俱乐部的光荣簿上，而大多数幸存者是身上带有明显的表明其勇敢无畏的标记并载誉归来的人。拐杖、假腿、假臂、假手、橡胶下颌、银嵌头骨、铂（bó）金鼻子，应有尽有，前面所提及的那位皮特凯恩也做过统计，在枪炮俱乐部里，四个人加起来顶多只有一条胳膊，而六个人则仅有两条腿。

[1] 格梯斯堡，一译葛底斯堡，美国宾夕法尼亚州小城。南北战争期间，联军在此大胜南军。

[2] 波多马克河，美国东北部河流，全长 640 千米。

不过，这些勇敢的炮兵对死亡和伤残并不在意，而且，每当有关于一场大战的报告说敌人死亡人数大大地超过他们所发射的炮弹数量时，他们便会情不自禁地感到自豪。

可是，有一天，那是悲伤而凄凉的一天：战争的幸存者们签署了停战协定；隆隆炮声渐渐停息；迫击炮哑然无语；榴弹炮长期缄（jiān）默无言；大炮垂头丧气地返回武器库；炮弹码放在露天仓库中；腥风血雨的记忆逐渐淡去；棉花在施了大量肥料的棉田里茁壮生长；丧服因痛苦已不复存在而无须穿戴；枪炮俱乐部深陷于极度的无所事事之中。

某些永不言弃的顽强者仍在进行着弹道的研究；他们仍在梦想着制造出一些巨型炸弹和无出其右的炮弹。但是，若无法实践，那些空洞的理论又有何用？这么一来，大厅空无一人；仆人们在过厅里打盹儿；报纸放在桌子上发霉；昏暗的角落里传来阵阵忧伤的呼噜声；往日里大声嚷叫的枪炮俱乐部的会员们现在被那丧气的和平弄得默然无语，沉浸在柏拉图式的梦幻之中。

“真丧气，”一天晚上，正直的汤姆·亨特两条假腿对着吸烟室的壁炉口边烤火边说道，“毫无办法！毫无希望！好让人烦的日子！每天清晨欢快的炮声唤醒大家的日子哪里去了？”

“那种日子已不复存在了，”乐呵呵的比尔斯比一边试图伸伸他那两条已不存在了的胳膊，一边回答道，“那时候，可真开心呀！我们设计炮弹，一铸造好，便跑去对准敌人试射，然后，带着谢尔曼[1]的鼓励或麦克莱兰[2]的祝贺返回军营。可是，如今，将军们全都解甲归田了，不再弄枪动炮，而是侍弄他们那没有攻击力的棉桃了！啊！圣母巴

[1] 谢尔曼，全名威廉·特库姆塞·谢尔曼（1820—1891），美国将军。

[2] 麦克莱兰，全名乔治·布林登·麦克莱兰（1826—1885），美国将军。

比[1]！”

“是呀，比尔斯比，”布洛姆斯贝瑞上校大声说道，“真让人心灰意冷啊！想当初，我们抛弃了平静的生活，摆弄起刀枪，离开巴尔的摩，奔赴疆场，英勇杀敌，可是，两三年之后，却不得不撇弃辛劳成果，游手好闲，无所事事，好不悲哀！”

虽然是这么说，但是，英勇的上校可不情愿就这么无聊地闲荡着，他很清楚自己还是有事可干的。

“看来没有什么可打的仗了！”大名鼎鼎的J.–T. 马斯顿一边用铁钩手挠着他那古塔橡胶修补的脑壳一边说道，“远方没有一丝战争阴云，而现在大炮科学正是大有作为的时候呀！我跟你们说吧，今天早上，我弄好了一份图纸，是关于能够改变战争规律的迫击炮的，还附有平面图、剖面图和正视图！”

“是吗？”汤姆·亨特一边应声一边情不自禁地回想起尊敬的J.–T. 马斯顿上一次的试验来。

“是呀，”J.–T. 马斯顿回答道，“可是，研究了那么久，效果又那么好，而且还克服了重重的困难，又有什么用呀？这不是白白地浪费时间和精力吗？‘新大陆’的人民好像商量好了要和平地生活，就连我们那好战的《论坛报》[2]都在预测因人口的骤增将导致的灾难了！”

“不过，马斯顿，”布洛姆斯贝瑞上校又说道，“在欧洲，人们仍在为维护民族自治而奋斗哪！”

“那又能怎样呀？”

“又能怎样！说不定那儿可以尝试点什么的，而如果他们想要我们效力的话……”

---

[1] 圣母巴比，西方神话中的圣母，炮手、工兵和消防员的保护神，12 月 4 日为其节日。

[2]《论坛报》，当时美国最激进的主张废除奴隶制的报纸。

"您真的这么认为？"比尔斯比大声说道，"为外国人搞弹道学？"

"这总比什么也不干的好。"上校回答道。

"那倒是，"J.-T. 马斯顿说，"好倒是好，不过，这只是权宜之计，不应该考虑。"

"为什么呀？"上校问道。

"因为在欧洲大陆，他们对于晋升的一些看法与我们美国的所有的传统观点大相径庭。他们那种人想象不出没有当过少尉就能当上将军，也就是说，不亲手铸炮的人就不能成为一个神炮手！而这只不过是……"

"荒谬（miù）至极！"汤姆·亨特一边用宽背刀划着扶手椅的扶手一边反驳道，"这么说来，我们只好去种烟草或去熬鲸鱼油了！"

"怎么？"J.-T. 马斯顿扯起嗓门儿大声吼道，"难道我们下半生就不再去研究武器的改进了？我们就不去找机会来试验我们大炮的射程了？天空就不再被我们的炮火照亮了？就再也不会出现国际矛盾让我们向大洋彼岸的某个强国宣战了？法国人将不会击沉我们的任何船只，英国人也不再会蔑视人权绞死我们的国民了？"

"对，马斯顿，"布洛姆斯贝瑞上校回答道，"我们不会有这种运气了！没有了！根本就没有了！而且，就算会有这种机会，我们可能也利用不上了！美国人的火气日益消退了，我们成了受气包了！"

"是呀，我们在自取其辱！"比尔斯比回应道。

"也是别人在侮辱我们！"汤姆·亨特气哼哼地说。

"太对了，"J.-T. 马斯顿又激奋地说道，"世界上有成千个打仗的理由，可他们就是不打！人们不想丢胳膊掉腿，而这正对那些不会打仗的人的心思！喏（nuò），用不着跑老远去找什么打仗的由头，北美从前不就是隶属英国人吗？"

"那倒是。"汤姆·亨特用他的拐杖狠狠地捅了捅炉火，回应道。

“对呀！”J.–T. 马斯顿又说，“为什么就不能轮到英国隶属美国人呢？”

“这样才叫公平呀！”布洛姆斯贝瑞上校说道。

“去向美国总统建议吧！”J.–T. 马斯顿嚷嚷道，“看他会怎么对待你们！”

“他是不会给我们好脸色的。”比尔斯比用他那战争中幸存的只有四颗牙齿的嘴嘟嘟囔囔地说。

“看着吧，”J.–T. 马斯顿嚷叫道，“今后选举时，他就甭想我投他的票了。”

“也别指望我们投他了。”这些好战的残疾人异口同声地应声道。

“现在，”J.–T. 马斯顿说，“总而言之，如果不给我提供在战场上试验我的新式迫击炮的机会的话，我就退出枪炮俱乐部，到阿肯色州的萨王纳稀树草原中去隐居！”

“我们跟您一起去。”勇敢的 J.–T. 马斯顿的同伴们一致回答说。

众人说到这里，情绪越来越激昂，俱乐部面临散伙的境地，但正在这时，一个意想不到的事情阻止了这一不幸的灾难的发生。

就在他们这次交谈后的第二天，圈中的每一个人都收到了一份通知，上面写道：

作为枪炮俱乐部的主席，我荣幸地通知诸位，在本月五日的会议上，我将宣布一个大家极感兴趣的消息。因此，我请求大家拨冗（rǒng）莅（lì）临。

顺致诚挚的敬意

枪炮俱乐部主席因比·巴比凯恩

于巴尔的摩

第2章

巴比凯恩的报告

十月五日晚八点，联合街心公园二十一号枪炮俱乐部所有的厅堂里挤满了人。住在巴尔的摩的所有的会员应主席之邀，全都参加了会议。至于通讯会员，有数百人之多，全都搭乘快车拥入该城；尽管会议厅很大，但很多科学家仍然无法觅得一个座位；因此，他们只好挤到隔壁的厅室里，或待在走廊尽头，甚至拥到庭院中去。庭院门口站着一群群的普通民众，人人都试图挤到院门前。他们彼此拥来挤去，互不相让，急切地想听到巴比凯恩主席的重要报告，因为他们都受到自治政府的教育的影响，采取的正是他们的这种独特的自由方式。

那天晚上，一个待在当地的外地人，即使出再高的价钱也无法获准进入会议大厅。会议大厅是专供当地会员或通讯会员进入的；其他各色人等均不得入内，甚至该城的名流、民选的市政官员也不例外，他们不得不挤在市民中间，竖起耳朵来听大厅里传来的报告声。

可是，这个宽敞的大厅呈现出的竟是一个奇怪的景象。宽大的会场与其用途相得益彰。高大的柱子是用大炮码放成的，基座则是粗大的迫击炮；这些柱子支撑着穹顶的精美铁架，那是一些用冲头冲制成的铸铁花边。墙上陈列着老式短铳（chòng）、老式火枪、喇叭口火枪、卡宾枪等各种各样的旧式的和新式的火器，错落有致，蔚为壮观。由上千支手枪拼成的一只只枝形吊灯用煤气点燃，光照大厅，同时，用手枪组成的多枝烛台和用捆成束的步枪组成的大烛台燃起，让大厅更加灯火辉煌。大炮模型、青铜炮样品、被子弹打成千疮百孔的靶（bǎ）子、被俱乐部的大炮炮弹击碎的钢板、一套套的送弹棍和炮膛刷、一排排的炸弹、一圈圈的火箭炮、一串串的炮弹，总之，炮手的所有工具都摆放得十分醒目，令人大开眼界，而且也让人联想到这些武器弹药摆放在那儿更多的是为了装饰而非杀戮（lù）。

在荣誉展台上，可以看到一只漂亮的玻璃柜里放着一个被火药炸毁后破碎且扭曲了的炮栓，那是 J.–T. 马斯顿的大炮的珍贵残骸（hái）。

在大厅的顶头，俱乐部主席在四位秘书的陪同下，占了很大的一个地方。他的椅子高踞（jù）于一个雕花炮架上，整体看去，呈现出一个三十二寸[1]的迫击炮的强大形象。它可以转动九十度，是装在转轴上的，主席因而可以像坐在转椅上似的左右转动，这在炎热天气之中，是很舒服的。在以六个大口径短炮身的海军大炮支撑着的宽大的铁皮办公桌上，可以看到一个精心雕刻的远程大口径火铳炮弹制成的别具一格的墨水瓶，和一只形似手枪可以摇出当当响声的铃铛。在争论激烈时，这只新颖别致的铃铛的响声勉勉强强地可以盖过情绪激动的炮手们的嚷叫声。

宽大的桌子前面摆放着一条条长凳，宛如防御工事的封锁壕，呈之字形排列，形成一座座碉堡和碉堡护墙，坐着枪炮俱乐部的全体会员。那天晚上，可以说，“碉堡上坐满了人”。大家比较了解主席，知道没有严重的情况，他是不会惊扰他的同事们的。

巴比凯恩年届四十，他沉着冷静，严肃刻苦，思维严谨，专注，犹如一架精密计时器一般。他性格顽强，坚韧不拔，经得起各种考验，虽

[1] 此系法寸，为法国古长度单位，约合 27.07 毫米。

然缺少骑士风度，但却不失冒险精神，并且，即使是在最大胆的行动中也很注意实事求是。他是新英格兰的一位杰出之人，是北方殖民者，是斯图亚特人的灾星——寸头派[1]的后裔，是吾国旧时的骑兵，是南方绅士们不共戴天的敌人。总之，他是一个地地道道的美国佬。

巴比凯恩曾经营木材生意，并大发其财；战争期间被委任为制炮业的主管，创造力极其丰富；他想法大胆，为大炮这种武器的发展作出了巨大的贡献，为试验大炮付出了非常多的精力。

此人中等身材，这在枪炮俱乐部的所有会员中是一个罕见的例外。他面部轮廓分明，好似角尺和直线笔勾画出来的一般。如果要猜测一个人的本性就必须看他的侧影的话，那么，从侧面看过去，巴比凯恩显现出的最明显的特质则是坚毅、大胆和冷静。

此时此刻，他坐在扶手椅里，一动不动，沉默不语，全神贯注，眼睛被一顶似乎是美国人常戴的黑缎圆形高顶礼帽遮住。

同事们在他身边大声地交谈着，可他却并未分心；他们在彼此询问，热烈地设想着，同时也在打量着他们的主席，想从他那毫无表情的面部猜想出他脑子里在想些什么，但却一无所获。

大厅里的钟当当地敲了八下时，巴比凯恩像身上装有弹簧似的突然站了起来。大厅里顿时鸦雀无声，演说家巴比凯恩便用一种略带夸张的声调说道：

“正直的同事们，很久以来，一种毫无意义的和平让我们枪炮俱乐部的会员们陷入恼人的无所事事之中。在几年的事故不断之后，我们只好撇下我们的工作，在前进的路上戛然停下。我不害怕大声宣布，任何能让我们重新拿起武器的战争都是很受欢迎的……”

---

[1] 寸头派，系 17 世纪美国内战期间议会派的支持者，因全都剪短发而得名，是查理一世支持者的对立面。

“对，战争！”急躁的J.–T. 马斯顿嚷叫道。

“别插话！好好听！”全场一片指责声。

“可是战争后，”巴比凯恩说道，“在目前的形势下，战争是不可能的。无论刚才打断我的话的尊敬的先生怎么盼望，我们的大炮在战场上怒吼起来之前，还将等待很长的岁月。因此，我们必须拿定主意，改变一下思路，以解决缠绕在我们心头的严重问题。”

全体听讲者都感觉到他们的主席就要谈及那个敏感的问题了，所以大家便竖起耳朵，注意听下去。

“几个月来，我正直的同事们，”巴比凯恩继续说道，“我一直在想，我们是不是可以在我们的专业领域搞点什么无愧于十九世纪的伟大试验？我们是不是可以把弹道学的进步引向成功的目标？于是，我进行了研究、探索、计算，从而坚定了自己的信念，那就是我们将能够在一项任何其他国家似乎无法实现的事业中获得成功。这个计划我已拟出很久了，我今天就要向大家汇报。该计划无愧于诸位，无愧于枪炮俱乐部的昔日的辉煌，它肯定会在全世界引起轰动！”

“引起轰动？”一位热衷于大炮的人大声嚷道。

“确实如此，绝非戏言。”巴比凯恩回答道。

“别打断主席！”好多人齐声喊道。

“请你们，我正直的同事们，”主席继续说道，“集中精力听我说。”

全场的人心情都十分紧张。巴比凯恩动作麻利而坚定地正了正帽子，用平静的语气继续他的报告：

“正直的同事们，你们中间没有任何人没有见过月亮，起码没有谁没听说过它的。我在此跟你们谈论月亮，请你们不要感到惊讶。它也许能让我们成为这个未知世界的哥伦布。请大家理解我，竭尽全力帮助我，我将带领大家去征服它，让它的名字加入到组成我们这个伟大的合众国的三十六个州来。”[1]

“月亮万岁！”枪炮俱乐部的会员们齐声欢呼道。

“人们对月球进行过大量的研究，”巴比凯恩继续说道，“它的质量、密度、重量、体积、结构、运行、距离以及在太阳系中的作用等都完全被确定了。人们已经绘制出了月面图，即使不超过地面图，至少也与后者一样地完美。所拍摄到的月球照片显示出这颗地球卫星美不胜言。总而言之，关于月亮，数学、天文学、地质学和光学所能告诉我们的我们全都一清二楚了，但是，迄今为止，我们还从未与月球进行过直接的联系。”

主席的这番话引起了与会者们强烈的兴趣。

“请允许我，”巴比凯恩继续说道，“简短地对大家回顾一下一些头脑发热、一门心思幻想着做月球旅行的人，是如何吹嘘已经探测到这颗地球卫星的秘密的。十七世纪时，一位名叫大卫·法布里丘斯的人，大言不惭地说自己亲眼见到了月球上的居民。一六四九年，一位名叫让·博杜安的法国人发表了西班牙探险家多米尼克·贡萨雷斯的《月球旅行记》。同一时期，西拉诺·德·贝热拉克出版了一本月球游记，在法国获得巨大的成功。这之后，另一位名叫封特奈尔的法国人（这些人都非常关注月球），写了一本名为《宇宙的多样性》的书，成为当时的一本名著。但是，发展中的科学却使这本书一下子丧失辉煌。一八三五年左右，由《美国的纽约》杂志翻译出版的一本小册子中叙述道，被派往好望角从事天文学研究的约翰·赫歇尔[2]先生借助于一架可以内部照明的天文望远镜把月球的距离缩短到了八十码[3]。因此，他有可能清晰地看到一些岩洞，里面有河马、金边镶嵌的青山、长着象牙

[1] 本书故事背景是美国南北战争后。在 1867 年之前，美国拥有 36 个州。目前则有 50 个州和 1 个直辖特区。

[2] 约翰·赫歇尔（1738—1822），祖籍德国的英国天文学家。

[3] 码，英美制长度单位。1 码等于 3 英尺，合 0.9144 米。

角的绵羊、白色的狍（páo）子、长着类似蝙蝠膜翅的居民。这本小册子[1]是一个名叫洛克的美国人的作品，获得很大的成功。但是很快，人们便发现这本小册子是科幻小说，法国人随即便对它嗤（chī）之以鼻，不屑一顾了。”

“敢对美国人嗤之以鼻！”J.-T. 马斯顿嚷叫道，“这正是一个开战的理由！……”

“您先别激动，我尊敬的朋友。法国人在嘲笑我们之前，就先被我们的那位同胞给糊弄了。在结束这个短短的回顾之前，我还想补充一点：鹿特丹的一位名叫汉斯·普法尔的人，钻进一只灌满从氮（dàn）中提取的气体的气球中（这种气体比氢气要轻三十七倍），在飞行了十九天之后，到达了月球。这次飞行如同前面所讲的那些尝试一样，纯属幻想，但是那却是美国的深受读者欢迎的作家的作品，一位奇异的、爱幻想的天才的作品。他叫爱伦——坡[2]！”

“爱伦·坡万岁！”与会者们被主席的演讲鼓动得大声呼喊道。

“这些我认为是纯文学性的探索，我已经说完了，它们根本就无法达成与月球的真正联系。不过，我应该补充一句，有几位认真求实的人是试着与月球进行真切的联系的。比如，几年前，一位德国几何学家就建议过，派遣一个专家学者代表团前往西伯利亚大草原，在那辽阔的原野上，建起一些巨大的用反射灯光映现出的几何图形，其中包括法国人俗称的‘勾股定律’的弦的正方形。这位几何学家说，‘但凡聪明的人都应该懂得这个图形的科学用途。如果真的存在月球居民的话，他们就会用相似的图形来回答，而交流一旦建立起来，就将很容易地创造一个字母表，就能与月球居民进行沟通了’。这位德国几何学家这么说了，

[1] 该小册子在法国由共和党人拉维龙出版；此人在 1840 年罗马围城中战亡。

[2] 爱伦·坡（1809—1849），美国小说家、诗人、批评家，还被认为是侦探小说的鼻祖。

但他的计划却并未付诸实行，而直至今日，地球同它的卫星都从未建立起任何的直接联系。这正好让美国人的应用才能得以发挥，去同星辰世界建立联系。达到此一目的方法既简单、容易，又可靠且万无一失，它将是我的建议目标。”

主席的这番话引得全场欢声雷动，与会者没有一个不为演讲者的话所折服，所鼓舞和吸引。

“注意听！注意听！肃静！”会场四处传来这种叫喊声。

当乱哄哄的会场安静下来之后，巴比凯恩用更严肃的语调继续他那被打断的演讲。

“大家知道，多年来，弹道学取得了什么样的进步，而且，如果战争继续下去的话，武器将会达到什么样的完美程度。大家也同样知道，一般来说，大炮的后坐力和炸药的爆炸力是无限的。喏，根据这一原理，我曾想过，如果借助于一个具有一定后坐力条件的合适装置的话，是否可能将一颗炮弹打到月球上去。”

听他这么一说，从众人那呼吸急促的胸膛里发出了一片惊愕的“啊”声，随即便是一片寂静，仿佛雷鸣前的沉寂一般。确实，过了一会儿，雷鸣声突然爆发，不过那是掌声、叫喊声、嘈杂声混合而成的“雷鸣声”，震颤了整个大厅。主席想继续讲下去，但却无法办到。直到十分钟之后，他才终于让大家安静下来，听他继续往下讲。

“请让我讲完，”主席冷静沉着地说道，“我把这个问题的方方面面全都考虑过了，并且认真细致地进行了研究。我的缜密的计算表明，任何一颗射向月球的炮弹，如果其初速度达到每秒一万两千码的话，就肯定可以到达月球。因此，我荣幸地建议大家，我正直的同事们，来尝试一下这个小小的试验！”

第3章

巴比凯恩报告的影响

我们无法描述尊敬的枪炮俱乐部主席的最后一席话所产生的影响。呼喊声，叫嚷声，喝彩声，“噢”“啊”声，以及美国英语中的各种象声词响成一片，声震屋瓦！会场上的混乱、喧闹难以形容！人们嘴里喊着，脚在跺着。即使这座大炮博物馆的所有武器一起开火也不会造成这么大的声响。这倒也不足为奇，因为有些炮手的嗓门儿几乎同他们的大炮一样的响。

在这片情绪亢奋的喧闹声中，巴比凯恩保持着冷静。他也许还想向他的同事们说点什么，因为他还在做着手势，让大家安静下来，他把声音清脆响亮的铃铛当当地摇个不停。但是，大家根本就听不见他那铃声。很快，他便被人从座位上拽起来，高高地抬起，忠实的同事们激动不已地将他从人群中传递开去。

美国人是不信邪的。人们常常说法语中不存在“不可能”这个词，他们想必是查错了字典。其实在美国才是这样，一切都很容易，一切都很简单，至于那些所谓的机械难题，没等它们出现便已胎死腹中了。在巴比凯恩的计划与实施之间，没有哪个真正的美国佬会感到存在着困难。他们一言既出，万难皆消。

巴比凯恩的英雄式的游行一直延续到深夜。那是一次真正的火炬游行。爱尔兰人、德意志人、法兰西人、苏格兰人，住在马里兰州的各个种族的所有居民都在用各自的母语叫喊着，激情昂扬地欢呼着，亢奋不已。

月亮好像知道了这一切与自己有关似的，它皎洁、平静地照耀着大地，让它周围的星辰黯然无光。美国佬们全都抬头望着那光亮闪闪的月亮。有的人在向它挥手致意，另一些人则用最温馨的名字呼唤它；一些人在用目光打量它，另一些人则挥动拳头威胁它；从晚八点到午夜，琼斯富尔街的一位光学仪器商靠卖望远镜大发其财。从望远镜看过去的月亮宛若一名贵妇。美国人俨（yǎn）然以贵妇的主人自居。似乎这位金发菲贝[1]是属于这帮狂妄的征服者，已经是合众国的版图的一部分了。其实，只不过是在讨论向它发射一颗炮弹而已，这种建立关系的方式未免粗暴了一些，即使是对一颗卫星来说也是如此，不过在各文明民族中，这可是司空见惯的。

午夜的钟声已经敲响，但激奋的情绪并未减退，各阶层的群众均皆如此。法官、科学家、批发商、零售商、搬运工，聪明人和稚嫩者，都感到触动了自己的心弦。这是一个全国性的大事，因此，上城、下城、帕塔普斯科河码头上和船坞里停泊着的船只，全都被灌满了杜松子酒和威士忌后欢快兴奋的人群挤得满满当当。无论是懒散地躺在酒吧的长沙发上喝着雪利酒的绅士们，还是在费尔波因的阴暗小酒馆里被低廉的烈酒灌得醉醺（xūn）醺的水手们，全都在交谈着、讨论着、争论着，大吹大擂，掌声热烈，赞扬声不断。

到了凌晨两点钟光景，激动的人们平静了下来。巴比凯恩总算回到家里，他已精疲力竭，快要散架了。即使是一位大力士也经不住这样的

[1] 菲贝，希腊神话中月亮女神阿耳忒（tè）弥斯的别名。

狂热。人群渐渐地从广场和大街上散去。从俄亥俄州、萨斯奎汉纳河、费城和华盛顿通往巴尔的摩的四条铁路把这些各个种族的人送到美国各地之后，巴尔的摩城才较为安静了些。

如果以为在这个难忘的夜晚，只有巴尔的摩城在沸腾的话，那就错了。合众国的其他一些城市，如纽约、波士顿、奥尔巴尼、华盛顿、里士满、克瑞桑城（新奥尔良的别名）、查尔斯顿、莫比尔，从得克萨斯州到马萨诸塞州，从密歇根州到佛罗里达州，各个城市都在欢腾。其实，枪炮俱乐部的三万名通讯会员早已大致了解了他们主席的报告精神，所以他们都在以同样的急切心情等待着那十月五日的著名演讲。因此，当天晚上，当主席发表讲话时，他的每句话语都立即以每秒二十四万八千四百一十七英里[1]的速度，通过电报传到了合众国的各个州去。我们可以非常肯定地说，在这同一时刻，面积十倍于法国的美利坚合众国，举国上下齐声发出了相同的欢呼，两千五百万颗心充满着豪迈在跳动着，每个人的脉搏都在激烈地搏动着。

翌日，一千五百家报纸、周刊、半月刊或月刊都在专注于这个问题。它们以政治优势或文明优势的观点，从物理学、气象学、经济学或伦理学等方面对之进行了分析研究。它们探讨月球是否已经完善，是否不再会有任何变化。它是不是类似于大气层尚不存在时期的地球，它那从地球上看不到的另一面是什么样子。尽管只是想向月球发射一枚炮弹，但是大家都从中看到那是一系列试验的开始。大家都在期盼着有一天，美国能探测到这个神秘星球最后的秘密，有些人甚至还很担心征服月球后会不会明显地打破了欧洲的平衡。

经过分析讨论，没有哪家报纸杂志对成功地征服月球心存疑虑。各种汇编、小册子、简报以及由科学家、文学家或宗教人士等团体出版的

[1] 每秒十万法里，相当于电流的速度。——原注

杂志，都在强调这一计划的闪光点。而波士顿的“自然史协会”、奥尔巴尼的“美国科学艺术协会”、纽约的“地理统计协会”、费城的“美国哲学协会”、华盛顿的“史密斯协会”则向枪炮俱乐部发出了上千封祝贺信，并表示愿意立即提供人力和资金的援助。

因此，可以说，从未见到过哪一个方案会得到这么多人欢迎。根本就没有人产生犹豫、怀疑或担忧。在欧洲，特别是在法国，向月球发射一枚炮弹的想法必然会遭到嘲讽，漫画纷至沓（tà）来，甚至被编进歌曲受到挖苦。而在这里这一切都不可能，那样肯定会惹来众怒，受到口诛笔伐。在新大陆，有些事情是容不得嘲讽的。因此，因比·巴比凯恩从当日起，便成了美国最伟大的公民之一，有点像是科学界的华盛顿，而这只是众多例证之一，它将表明一国民众对某一个人会致以多么崇高的敬意。

那次枪炮俱乐部著名的会议之后不几天，一家英国剧团的经理宣布在巴尔的摩剧场演出《无事生非》[1]。但是，巴尔的摩的市民们发现此剧有影射巴比凯恩主席的方案之嫌，便闯入剧场，砸毁座椅，并逼迫倒霉的经理改换剧目。经理是个明白人，顺从了公众的意愿，用《皆大欢喜》[2]替换了前面那个不合时宜的剧目。一连数周，这位经理都获得了很高的票房收入。

[1]《无事生非》，莎士比亚的名剧。

[2]《皆大欢喜》，莎士比亚的名剧。

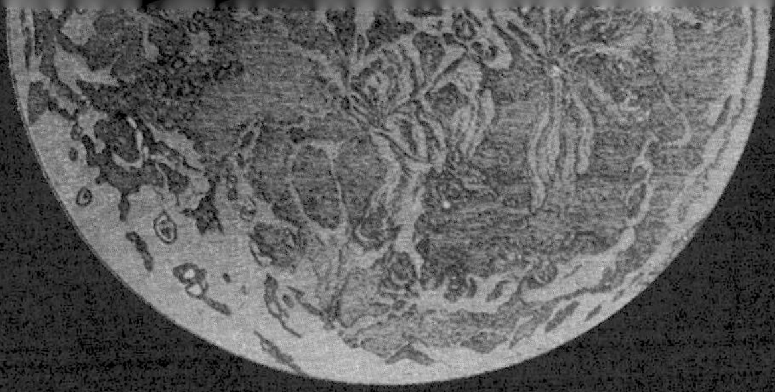

第4章 剑桥天文台的回复

不过，巴比凯恩并未因众人的欢呼而忘乎所以。他首先要做的是把他的同事们召集到枪炮俱乐部的办公室里来。在那儿，经过一番讨论，大家同意就方案的天文方面请教一下天文学家。等天文学家的回音一到，大家就将讨论机械装备的问题，而且，为保证这一伟大试验的成功，任何细节都不可疏忽。

于是，一份包括一些专业问题的十分明确的纪要便拟好了，寄给位于马萨诸塞州的剑桥天文台。剑桥城是美国第一所大学的诞生地[1]，而且也正是因为它的天文台而享誉世界。那儿聚集着一些顶尖的科学家；那里的一台功率强大的望远镜使得邦德解析了仙女座星云，使得克拉克发现了天狼星[2]。这座著名的天文台完全值得枪炮俱乐部信赖。

两天后，焦急不安地等待着的巴比凯恩主席终于收到了对方的回信。内容如下：

---

[1] 哈佛大学于 1936 年在马萨诸塞州的剑桥城创立。

[2] 邦德（1789—1859）和克拉克（1832—1897）都是美国天文学家。

剑桥天文台台长致巴尔的摩枪炮俱乐部主席：

您本月六日以巴尔的摩枪炮俱乐部全体会员的名义，寄给剑桥天文台的信函我台业已收悉。我们立即开了会，并作出如下我们认为较为合适的答复。

您提出的问题归纳如下：

1.可不可能向月球发射一枚炮弹？

2.地球与它的这颗卫星的精确距离是多少？

3.在给炮弹以足够的初速度的情况下，它能飞行多长时间？而为了让它落在月球上的某一个特定地点，应该何时发射为好？

4.炮弹落在月球上的最佳位置应该是什么时候？

5.发射炮弹的大炮应该对准天空中的哪一个点？

6.炮弹射出时，月球是在天空中的什么位置？

就第一个问题（可不可能向月球发射一枚炮弹？），现回答如下：

可以。如果炮弹的初速度达到每秒一万二千码的话，就可以向月球发射。经过计算，这一速度足够了。随着物体离开地球，地心引力的作用与距离的平方成反比，因而在逐渐减少，也就是说，如果距离增加三倍，这一引力就将减小到九分之一。因此，炮弹的重量在迅速减小，到月球的引力与地球的引力持平的时候，也就是说，在路程达到五十二分之四十七的时候，炮弹的重量就完全消失了。这时，炮弹不再有重量了，如果它超越了这个点，就将在唯一的月球引力之下落在月球上。试验的理论性完全得到了验证。至于成功与否，那就只能取决于发射装置的大小了。

就第二个问题（地球与它的这颗卫星的精确距离是多少？），现回答如下：

月球围绕地球运转的轨迹并不是圆形的，而完全是个椭圆形，我们的地球占据着这个椭圆两个圆心中的一个，因此，导致月球有时离地球较近，有时又较远，或者，用天文学术语来说，时而在远地点，时而在近地点。可是，最大距离与最小距离之间的差距是较大的，大到我们不能忽略。确实，在远地点时，月球距离地球二十四万七千五百五十二英里（约为九万九千六百四十法里[1]），而在近地点时，距离则只有二十一万八千六百五十七英里（约为八万八千零一十法里），相差两万八千八百九十五英里（约合一万一千六百三十法里），亦即最大距离的九分之一。因此，近地点的距离应该作为考虑的基础。

就第三个问题（在给炮弹以足够的初速度的情况下，它能飞行多长时间？而为了让它落在月球上的某一个特定地点，应该何时发射为好？），现回答如下：

如果炮弹始终保持发射时的初速度——每秒一万二千码的话，它大约只需九个小时便可到达目的地，但是，由于这个初速度将逐渐降低，经过推算，炮弹将要花费三十万秒，即八十三小时二十分，才能到达地球引力和月球引力相抵消的点，然后，从这个点起，它将在五万秒即十三小时五十三分二十秒之后落到月球上。因此，应该在它将到达月球上的那个瞄准点之前的九十七小时十三分二十秒发射它。

就第四个问题（炮弹落在月球上的最佳位置应该是什么时候？），现回答如下：

根据刚才上面所说的，必须首先选择月球在近地点的时刻，

[1] 法里，法国旧时长度单位，1 法里约合 4 千米。

同时也要是它通过天空最高点的时刻，这将能够减少相当于地球半径的距离，亦即三千九百一十九英里，这样的话，最终射程则为二十一万四千九百七十六英里（约合八万六千四百一十法里）。不过，如果说月球每月都经过其近地点的话，那它并不是在这一时刻总是在天空的最高点的。而这两个条件同时具备的话，必须有一个很长的间隔。因此，必须等待月球既在近地点又在天空最高点的时刻的到来。不过，巧得很，明年十二月四日，月球将正好具备这两个条件：午夜时分，它将到达它的近地点，也就是说离地球最近的时候，与此同时，它又经过天空的最高点。

就第五个问题（发射炮弹的大炮应该对准天空中的哪一个点？），现回答如下：

根据上述认定的看法，大炮应该瞄准天空最高点[1]，这样，炮弹飞出时与地平线呈垂直状，它因此也就能更快地摆脱地球引力。不过，要使月球到达天空最高点的话，就必须让这个地方的纬度不高于地球的赤纬，也就是说，它必须位于北纬或南纬的〇度至二十八度之间。在其他任何地点，就必须倾斜发射，而这就可能影响试验的成功。

就第六个问题（炮弹射出时，月球是在天空中的什么位置？），现回答如下：

在炮弹将向天空发射的时刻，每天向前运行十三度十分三十七秒的月球，将必须远离天空最高点四倍于这个度数的地方，亦即五十二度四十二分二十秒的地方，这一空间正好符合炮弹射出的途径中月球的运行路线。不过，由于必须同时考虑到地球自转所引发的炮弹的偏差，而

[1] 天空最高点亦即正对观测者头顶上方的空中垂在点。——原注

且还由于炮弹只是经过一个相当于十六个地球半径的偏差距离之后才到达月球（从月球轨道来看，大约为十一度），因此，我们必须把这十一度加到所提及的月球离天空最高点的距离中去，变成为六十四度整。这样一来，在发射炮弹时，月球视线方位将与发射点的垂直线构成一个六十四度角。

这就是剑桥天文台对枪炮俱乐部会员们提出的问题的回答。

概括起来，就是：

1. 大炮必须安放在一个北纬或南纬零度至二十八度之间的地方。

2. 它必须瞄准天空最高点。

3. 炮弹的初速度必须达到每秒一万二千码。

4. 炮弹应该在明年十二月一日晚上十点四十六分四十秒发射。

5. 炮弹发射的第四天，即十二月四日午夜时分，在通过天空最高点时到达月球。

因此，枪炮俱乐部的会员们应该立即着手进行这样的一次试验所必需的工作，做好在规定时刻发射的准备，因为如果错过了十二月四日这个日期的话，那就必须等十八年零十一天才能遇到月球同时符合位于近地点和天空最高点的条件。

剑桥天文台愿意毫无保留地回答有关天文学理论方面的问题，并与全美国人民一起祝诸位马到成功。

剑桥天文台台长

J.M. 贝尔法斯特

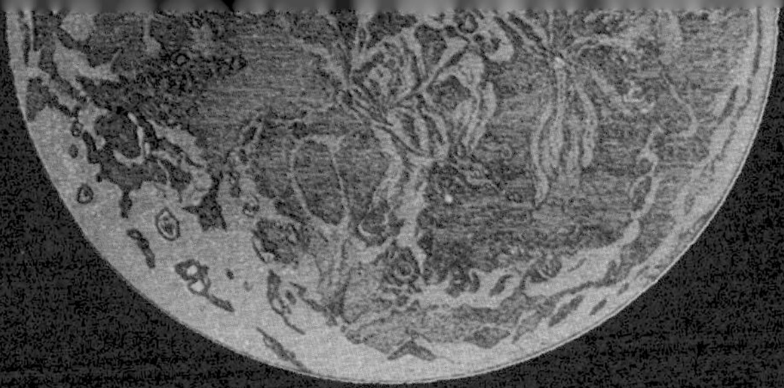

第5章

月球的传说

一位目光极其敏锐的观察家，置身于宇宙围绕着运转的这个未知的中心的话，就会看到无数的原子充满着宇宙混沌（dùn）时期的空间。但是，随着数百年时间的推移，渐渐地发生了一个变化，一个引力定律出现了。此前一直游离着的原子都受到它的影响。这些原子根据其相似性在化学上进行组合，构成分子，并形成星团，散布于天空深处。

这一星团立刻开始围绕它们的中心点旋转起来。这个由一些模糊的分子组成的中心开始自转，同时逐渐地凝聚在一起；另外，根据力学的永恒不变的规律，随着凝聚所导致的体积的缩小，它的旋转速度在加快，而在这两个旋转持续不断地作用下，便产生一个主星，即中心云团。

观察家如果仔细地观察就会看到，星团的其他那些分子也像中心星团一样，通过逐渐加速的旋转凝聚起来，形成无数的星体，围绕着中心星团转动。于是，星云就形成了。据天文学家统计，现在有大约五千个星云。

在这约五千个星云中，有一个星云被人们称为“银河”，它包含着一千八百万颗星星，其中的每一颗都是类似太阳系的中心。

如果观察家专注于这一千八百万颗星星中最普通、最黯淡的星中的一颗四等星[1]，也就是被人们自豪地称为“太阳”的那一颗的话，那么宇宙形成的所有现象都会相继呈现在他的眼前。

其实，这个太阳还处于气体状态，由一些活动的分子组成，观察家会发现它绕着自身的轴心在旋转，最后凝聚起来。这一运动遵循着力学原理，随着体积的缩小，其旋转速度在加快，到了某一时刻，离心力便会胜过把分子吸向中心的向心力。

这时，另一种现象就会出现在观察家的眼前：位于赤道表面的分子像投石器的绳子断了之后的石子似的纷纷飞了出去，在太阳周围形成好多像土星光环似的同心圆圈。而这些宇宙物质圈在围着一个中心旋转，分裂成一个个雾状云，亦即行星。

假如观察家集中注意力观察这些行星的话，就会发现它们完全同太阳一样运转，并产生一个或多个宇宙物质圈，亦即人们称为卫星的低级天体的起源。

因此，从原子到分子，从分子到星团，从星团到星云，从星云到主星云，从主星云到太阳，从太阳到行星，从行星到卫星，人们看到天体从宇宙初始起所经历的一系列演变。

太阳似乎迷失于无边无垠的恒星世界里，但是按照现代科学理论，它是附属于银河星云的。它是一个世界的中心，尽管在太空中显得十分渺小，实际上它却是巨大的，比地球要大上一百四十万倍。在它的周围环绕着八颗行星，它们是创世之初就从它那儿衍生而来的。这八颗行星，从近及远，分别是水星、金星、地球、火星、木星、土星、天王星和海王星。另外，在火星和木星之间，还有其他体积小一些的物体在有规则地运转着，它们也许是一个天体爆裂成好几千个小块中的游离碎片，到

[1] 沃拉斯顿认为，天狼星的直径是太阳的 12 倍，亦即 430 万法里。——原注

目前为止，天文望远镜只观测到九十七块[1]。

被太阳通过万有引力束缚在其椭圆形轨道上的这些小行星，有几个也有自己的卫星。天王星有八个，土星有八个，木星有四个，海王星有三个，地球有一个；最后的这一个是太阳系中最微不足道的物体之一，它名叫月球，而美国人大胆声称要征服的正是它。

由于离我们相对而言比较近，而且其不同的月相更替又很快，所以这个星球首先吸引了地球居民们的注意。而太阳却十分耀眼，其强烈的光线让观察者睁不开眼。

相反，金色的菲贝却让人赏心悦目。它看上去温柔婉约，并不咄咄逼人，不过，有时候，它也会遮挡住它的兄弟——金光四射的阿波罗，而却从未被阿波罗遮挡过。伊斯兰教徒很感激这位地球的忠实朋友，所以他们根据它的公转周期制定了自己的月份[2]。

原始人对这位圣洁女神尤为尊崇。古埃及人称它为爱西丝神[3]；腓尼基人称它为阿斯塔特神[4]；希腊人像崇敬拉多娜和朱庇特的女儿菲贝似的崇拜它，他们还解释说月食是因为狄安娜[5]去偷偷地见英俊的恩迪米昂[6]。按照神话传说，内梅阿[7]的雄狮在来到地球之前先跑遍了月球的原野，而普鲁塔克[8]引述的诗人阿耶齐亚纳克斯则在他的诗句中描绘

[1] 这些小行星中，有几个很小，如果我们跑步走的话，只需一天工夫就可以跑完一圈。——原注

[2] 每月约为 29.5 天。——原注

[3] 爱西丝神，古埃及神话中司婚姻、农业的女神。

[4] 阿斯塔特神，管理生育的腓尼基人女神。

[5] 狄安娜，罗马神话中的月神。

[6] 恩迪米昂，古希腊的伊奥利斯人传说中的国王。

[7] 内梅阿，古希腊地名，今名为科林西亚州。

[8] 普鲁塔克（约 46—约 120），古希腊传记作家和道德家。

了美丽的塞勒涅[1]所拥有的那含情脉脉的眼神、那可爱的鼻子和那温柔的嘴。

但是，如果说古人从神话的角度很了解月球的性格、脾性，也就是月球的品质的话，那么他们中知识最渊博的人却对月面学一无所知。

然而，很早时期的好些天文学家还是发现了某些今日已被科学证实的特征。如果说阿卡迪亚[2]人声称在月球尚不存在的时期他们在上面居住过的话，如果说塔蒂尤斯[3]把它视为从太阳上脱落的一块碎片的话，如果说亚里士多德的学生克莱阿克把它看作一面能够映照海洋的光滑的镜子的话，如果其他的一些人只把它看作从地球散发出来的一团蒸气，或者是半是火半是水的自转的球体的话，那么有几位科学家虽然缺少光学仪器，但凭借敏锐的观察，就发现了作用于月球这个黑夜星球的好些规律。

小亚细亚的米勒城的塔莱斯早在公元前四六〇年便发表了自己的观点，认为月球是被太阳照亮的。萨摩斯的阿里斯塔克[4]对月相作出了正确的阐释。克雷奥迈德[5]指出月球是依靠反射光发亮的。迦勒底人贝洛斯发现月球的自转周期与其公转的周期是相等的，因此他解释了月球始终呈现其同一面的原因。最后，希巴科斯[6]在公元前二世纪发现地球的这颗卫星在运动中，并且其表面的运动有着一些均差。

以上的这些观察随后都被证实了，而且对后来的天文学家们大有裨

[1] 塞勒涅，古希腊神话中的月神。

[2] 阿卡迪亚，位于古希腊伯罗奔尼撒半岛中心的一个地区。

[3] 塔蒂尤斯，传说中的古意大利撒班人的国王。

[4] 阿里斯塔克（公元前 310 —公元前 230），古希腊天文学家。

[5] 克雷奥迈德，公元前一世纪的古希腊天文学家。

[6] 希巴科斯，公元前二世纪的古希腊天文学家和数学家。

益。公元二世纪的托勒密[1]、公元十世纪的阿拉伯人阿布·瓦法[2]，根据月球在太阳的影响下所呈现的波浪状而导致的均差，补充了希巴科斯的观点。接着，哥白尼和十六世纪的蒂索·布拉厄[3]，完整地提出了宇宙体系和月球在整个天体中所起的作用。

在这一时期，它的运行规律基本上是明确的，但是它的物理结构却鲜为人知。这时候，伽利略根据月球上的山脉的存在阐释了某些相位的光现象，他认为这些山脉平均高度为四千五百托瓦兹[4]。

在伽利略之后，但泽[5]的一位名为埃沃利尤斯的天文学家认为，这些山脉的平均高度只有两千六百托瓦兹，但是，他的同行里西奥利则认为它们的平均高度应是七千托瓦兹。

十八世纪末，赫歇尔借助于一台高倍天文望远镜又将这些山脉的高度大大地降低了。他认为最高的山脉只有一千九百托瓦兹，而平均高度则为四百托瓦兹而已。不过，赫歇尔也还是弄错了。后来，经施恩特、卢维尔、哈利、内史密斯、比安奇尼、帕斯托夫、劳尔曼、格鲁伊杜森的观测，特别是经过比尔先生和麦德莱先生孜孜不倦的探求，这个高度问题才最终得到解决。多亏了这些科学家，月球的山脉高度今天才被完全了解。比尔先生和麦德莱先生一共测量了一千九百零五座山，其中有六座超过两千六百托瓦兹，有二十二座超过两千四百托瓦兹[6]。其中最高的山峰以三千八百零一托瓦兹的高度俯视着月球表面。

与此同时，对月球的了解变得完整了。这颗星球上遍布着火山口，

---

[1] 托勒密（约 90—约 168），古希腊天文学家、数学家和地理学家。

[2] 阿布·瓦法，古代阿拉伯阿拔斯王朝（750—1258）时期著名的天文学家。

[3] 蒂索·布拉厄（1546—1601），丹麦天文学家。

[4] 托瓦兹，法国古长度单位，1 托瓦兹约等于 1.949 米。

[5] 但泽，今之波兰的格但斯克。

[6] 勃朗峰的高度为四千一百八十三米。——原注

每一次观测都在证实它主要是火山的特性。从被它遮挡住的行星的星光里并无折射来看，可以推定月球上几乎没有空气。没有空气会导致水的缺失，因此，显而易见，月球人在这种条件下生存，就必须具有独特的身体结构，与地球人迥然不同才行。

总之，由于采用了新的方法，加上新的仪器更加完善，月球被不断地探测着，其表面没有一处未被探测到。月球的直径为两千零五十英里[1]，它的表面面积是地球表面的十三分之一[2]，它的体积为地球的四十九分之一，它的任何秘密都无法逃过天文学家们的眼睛，而且，这些聪明过人的科学家将更加深入地进行神奇的观察。

通过观测，他们发现，满月时月面的某些部分出现白色条纹，而在不同月相时，出现的则是黑色条纹。经过更加仔细而精确的研究，他们终于完全弄清楚了这些条纹的性质。这是一些狭长的沟槽，凹陷于两条平行边之间，一般来说，一直延伸至火山口的周围；它们的长度在十到一百英里，宽八百托瓦兹。天文学家把它们称为沟槽，不过，他们能够做到的，也只是给它们取这么个名称。至于这些沟槽是不是从前的河流干涸了的河床，他们就说不清楚了。因此，美国人希望有一天能弄清楚这一地质现象。他们也希望有一天能搞明白格鲁伊杜森这位慕尼黑博学的教授在月球表面发现的一系列平行壁垒的情况；这位教授把它们看作月球人工程师们所构筑的防御系统。这两个问题悬而未决。当然还有其他的一些问题，只有在与月球建立起直接的联系之后，才能彻底解决。

至于月球的光的强度，已不再有任何的疑问了；人们已经知道它比太阳光弱三十万倍，而且它的热力对温度计不起作用；至于那个被称为

[1] 即八百六十九法里，亦即比地球半径稍大一点点。——原注

[2] 即三千八百平方千米。——原注

“灰光”的现象，当然是太阳光射向地球后反射到月球上的，当月相为新月或满月的时候，“灰光”与月面似乎在相互辉映。

这就是目前所掌握的这颗地球卫星的情况。枪炮俱乐部准备从宇宙学、地质学、政治学和伦理学等方面对之进行全面的研究。

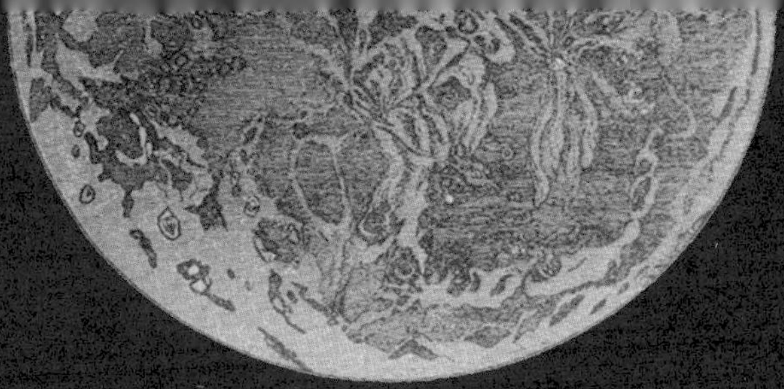

第6章
在美国不能不知道的东西和不再允许胡乱相信的东西

巴比凯恩的提议使得所有有关月球的天文现象都成为人们的谈资。人人都在潜心研究月球。好像月球是首次出现在地平线上，谁都未曾在天空中见到过它似的。它变成了时尚；它成了时尚女王，却又不失其谦逊仪态，虽置身“众星”之中，却又不盛气凌人。各种报纸连篇累牍（dú）地再次掀起“狼的太阳”那古老传说的热潮。它们回味着原始时代由于愚昧所产生的影响；它们对这“狼的太阳”大肆颂扬；它们甚至说起一些俏皮话来。全美国人都变成了月球迷。

而那些科学杂志则更加专业地探讨枪炮俱乐部所提出的问题。剑桥天文台的那封回信被公布出来，人们作了高度评价，毫无保留地表示了赞同。

总而言之，即使最缺乏知识的美国佬也不允许自己对月球毫无所知，即使是愚昧无知的老妪也不允许自己对月球抱有错误的迷信态度。科学知识被以各种形式向他们普及；科学信息通过他们的眼睛和耳朵渗透到他们心中；在天文学方面，想当一头蠢驴是不可能的了。

在此之前，许多人都弄不明白人们是如何计算出来月球和地球之间的距离的，人们趁此机会告诉他们这个距离是通过月球的视差求得的。如果“视差”一词他们听不懂的话，人们就告诉他们说，那是以地球半径的两个顶端连接月球的两条直线构成的角。要是他们怀疑这种方法的精确性的话，人们便立即向他们证明，不但这个平均距离正是二十三万四千三百四十七英里，而且天文学家们计算的误差不会超过七十英里。

针对那些不太了解月球运行规律的人，报纸每天都刊登文章介绍，月球有着两种不同的运动。第一种是绕着轴心的自转，第二种叫作围绕地球的公转，这两种运动都在一个相等的时间——二十七又三分之一天[1]——里完成。

自转运动也就是在月球表面产生白昼与黑夜的运动。而每个朔望月只有一个白昼和一个黑夜，而且二者的持续时间都是三百五十四又三分之一小时。不过，对于月球来说，幸运的是，它面对地球的那一面受到了地球那相当于十四个月的光照强度的照射。至于它那始终看不见的一面，当然是三百五十四小时都处于绝对的黑夜之中的，只是依靠从“其他的星星上散落下来的光亮保持温度而已。这一现象完全是其自转和公转导致的，按照卡西尼和赫歇尔的解释，这是一种普遍现象，木星的卫星以及其他所有的卫星很有可能都存在这种现象”。

有一些一根筋的、脑子有点冥顽不灵的人，一开始并不明白月球在公转时始终不变地面朝着地球，而实际上它自身也在自转着。对这些人，人们便告诉他们：“如果您去餐厅，而且眼睛始终盯着餐桌的中心绕着餐桌转，当您转完了一圈之后，您其实已经自己绕着自己转了一圈，因为您的目光相继地扫视了一遍餐桌的各个点。喏，我们不妨把餐厅视作天空，餐桌就是地球，而月球就是您自身！”经这么一比喻，他们就明白了，高高兴兴地离去了。

---

[1] 这是恒星公转的时间，也就是月球绕地球一周所需的时间。——原注

因此，月球总是一个面对着地球。但是，为了准确起见，必须补充一点：由于月球从北向南、由西向东的某种“摆动”，人们可以看到的月面比它的实际月面要稍大一点，也就是大约百分之五十七。

当那些无知的人对月球的自转了解得与剑桥天文台台长一样多的时候，他们便非常地担心月球绕着地球公转的情况，因此，多家科学杂志便立即向他们介绍这是怎么一回事。于是，这些人便明白了：满天星斗的天穹（qióng）可以被视作一个巨大的钟面，月球便在其上运行着，向地球上的居民们指示着准确的时间；月球正是在其运行的过程中呈现其各种月相的；当它背向太阳，也就是说，当三个星体连成一线，而地球夹在中间的时候，月球呈满月状；当月球与太阳合在一起时，也就是说当它位于地球和太阳之间时，月球呈新月状；最后，当月球与太阳和地球构成一个直角而它又居于直角顶端时，它就呈现上弦月或下弦月。

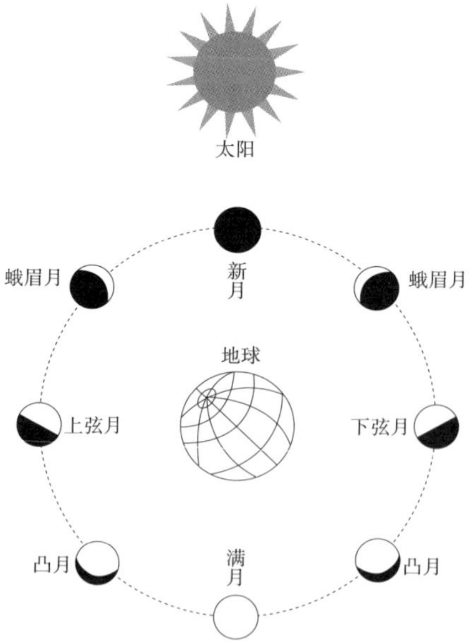

月球运行月相图

有几个敏锐的美国佬因此便从中得出这样的一个结论：日食和月食只会在月球与太阳相背或相合时才会出现。他们的这一结论是不无道理的。在月球与太阳相合的时候，月球遮住了太阳，而在它与太阳相背的时候，该是地球遮住太阳了，而如果说日食和月食并不是每月各出现一次的话，那是因为月球运行的轨道与黄道呈倾斜状，也就是说，与地球的轨道呈倾斜状。

至于月球所能达到的天际高度，剑桥天文台台长的回信已经回答了。人人皆知，这一天际高度是随着观测点的纬度的变化而变化的。但是，月球通过天空最高点，也就是说，它直接位于观测者的头顶上方的唯一的地区，必须是在南北纬的二十八度和地球赤道之间。因此，回信强调试验必须是在地球这一地区的任意一个点进行，这样炮弹才能垂直发射，从而更快地摆脱地心引力。这是保证试验成功的一个重要条件，而公众对此也极为关注。

至于月球围绕地球的公转的轨迹问题，剑桥天文台已经解释得十分清楚，即使其他国家的那些无知者也应该明白了：这个轨迹是一条凹曲线，并不是一个圆形，而是一个椭圆形，地球在其中占据着某一个圆心。所有的行星或卫星其轨迹都是这种形状，而且理论力学也证实了它们的轨迹不会出现其他形状。当然，月球在远地点时距离地球就远一些，而在近地点时则距离地球近一些。

任何一个美国人不管愿意与否，都得了解这一点，任何人都不可以不懂得。然而，如果说这些正确的东西在很快地普及开来，也必然会出现很多的谬误，会出现一些毫无道理的担忧，而且很难消弭（mǐ）。

例如，有一些正直的人坚称月球曾是一个古老的彗星，它在沿着其延长的轨迹绕着太阳转，终于接近地球，被地球的引力吸引住。这些坐而论道的天文学家声称这样就可以解释月球表面的焦黑状况了，认为这是光亮的月球无法弥补的不幸。只不过，当人们向他们指出彗星上有空气，而月球上则空气稀薄或者根本没有时，他们便瞠（chēng）目结舌，无言以对了。

另有一些好像很胆怯的人，他们对月球感到有些害怕；他们听说自哈里发[1]时代以来所进行的观测显示，月球的公转按照一定的比例在加速运转；他们由此而进行了推断（不过倒也十分符合逻辑），运行速度的加快必然导致两个星球之间距离的缩小，而且，如果这双重作用没完没了地继续下去的话，

[1] 哈里发，穆罕默德的继承者，伊斯兰教国家的统治者。

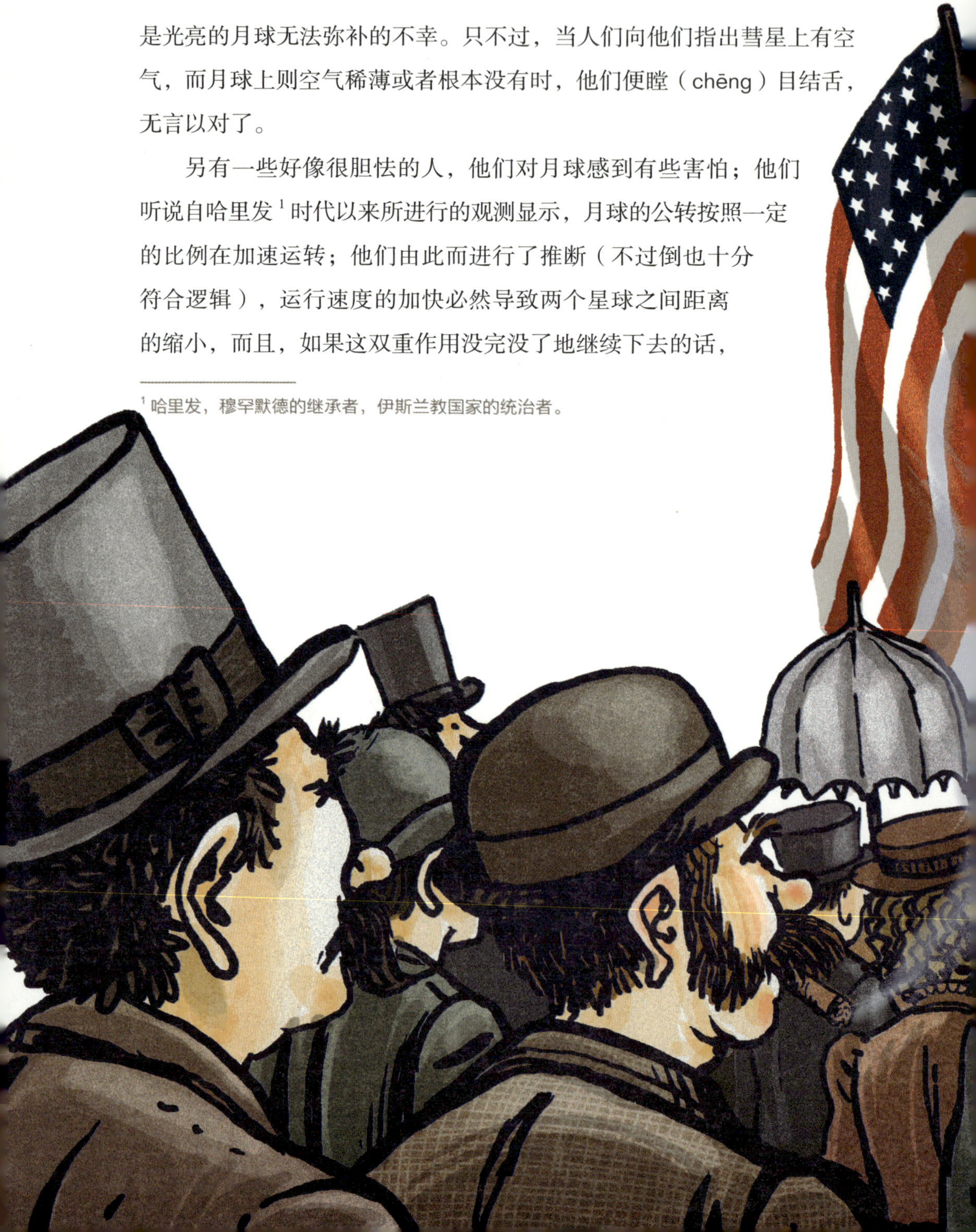

登月之旅
MOND-OBERFLÄCHE

月球总有一天会掉落到地球上的。不过，当人们告诉他们，根据法国的一位名叫拉普拉斯的著名数学家的计算，这种运行的加速只局限在极其有限的范围之内，而且一个相应的减速很快便会出现，因此，太阳系的平衡在未来的几个世纪中是不会被打破的，这么一来，他们也就放下心来，不再为子孙后代担忧了。

最后，只剩下那些愚昧而迷信的人了；这些人倒也不是完全无知，他们对并不存在的事物倒甚为了解，对于月亮，他们知道得就更多了。他们中的一些人把月亮视作一面光滑的镜子，通过它人们可以看见地球的各个不同的地方，并相互交流沟通。另有一些人则声称，在观察过的一千个新月上，有九百五十个导致重大的变故，诸如大灾大难、革命、地震、洪水等，他们因此而认为这个黑夜星球对人类的命运有着神秘的影响；他们把月亮看作人类生存的一个“真正的平衡锤”，他们觉得每一个月球人同每一个地球人都是有感应的；他们认同米德[1]博士的观点，坚持认为生命体系完全受它的支配，并且硬是说男孩都是在新月期间生的，而女孩则是在下弦月时生的，等等。但是，这些无稽（jī）之谈必须抛弃，唯一的真理必须回归。也许失去其迷信影响的月亮在它的那些对其迷信力量顶礼膜拜的崇奉者中丧失了威信，也许有的人不再把月亮看得了不起，但是绝大多数人对月亮还是喜爱的。至于美国佬们，他们不再存有其他的野心，只是想要独霸这个天空中的新大陆，在它的最高峰上插上美利坚合众国的星条旗。

[1]乔治·H. 米德（1863—1931），美国哲学家和社会学家。

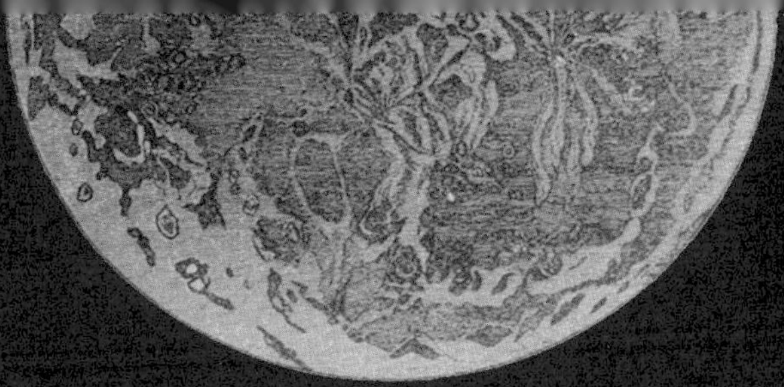

第7章

炮弹赞歌

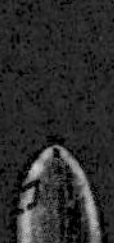

剑桥天文台在它十月七日的那封永难忘记的回信中，从天文学的角度阐述清楚了问题；今后需要从力学方面去解决它。这时候，在其他各国可能是难以解决的具体困难，在美国只不过是轻而易举之事。

巴比凯恩主席抓紧时间在枪炮俱乐部内任命了一个执行委员会。该委员会必须在三次会议中把大炮、炮弹和火药这三大问题搞清楚。委员会由下面的四位在这三个方面知识渊博的会员组成：巴比凯恩（他在意见分歧的情况下有最后决定权）、摩根将军、埃尔菲斯通少校和 J.–T. 马斯顿（他被委任为秘书兼发言人）。

十月八日，执行委员会在共和国街三号巴比凯恩主席家里开会。为避免因肚子饿而干扰了这次严肃的讨论，枪炮俱乐部的这四位会员围坐在一张摆满了三明治和几把大茶壶的桌子旁。J.–T. 马斯顿把他的蘸水笔钩在一个铁钩上，会议便开始了。

巴比凯恩首先发言，他说道：

“亲爱的同事们，我们现在必须解决弹道学的最重要的问题中的一个，这门卓绝的科学是研究炮弹运动，也就是说研究被一种推力发射到空中然后让它自己飞行的物体的运动。”

“啊！弹道学！弹道学！”J.–T. 马斯顿激动不已地大声喊道。

“也许，”巴比凯恩继续说道，“这第一次会议用来讨论大炮的问题更符合逻辑……”

“确实如此。”摩根将军附和道。

“不过，”巴比凯恩又说，“我考虑了一番，觉得炮弹的问题要比大炮的问题更加重要，而且大炮的体积将取决于炮弹的大小。”

“我来说几句。”J.–T. 马斯顿大声说道。

马斯顿的要求得到满足，因为他的辉煌的经历值得被给予优先发言的待遇。

“正直的朋友们，”他激动得声音发颤地说道，“我们的主席把炮弹问题摆在其他各种问题之先是颇有见地的！我们即将发射到月球上去的这颗炮弹是我们的信使，是我们的使节，请允许我以一种纯伦理的观点来看待它。”

对炮弹的这种新颖的看法激起了委员会成员们的好奇心，因此他们便对 J.–T. 马斯顿的发言更加注意听了。

“亲爱的同事们，”J.–T. 马斯顿接着说道，“我长话短说，我将把物理学意义上的炮弹——杀人的炮弹问题搁在一边，只谈数学意义上的炮弹、伦理学意义上的炮弹。我认为炮弹是人类力量最辉煌的体现，人类力量就体现在炮弹的身上；人类正是在制造炮弹的同时才几乎不亚于造物主！”

“说得好！”埃尔菲斯通少校嚷道。

“确实，”演说家 J.–T. 马斯顿大声说道，“如果说上帝创造了恒星和行星，而我们人类却创制了炮弹，它是地球上速度的冠军，它是漫游太空的各种天体的缩影，而且说实在的，各种天体也只不过是一些炮弹而已！电的速度、光的速度、恒星的速度、彗星的速度、行星的速度、

卫星的速度、声音的速度、风的速度等，都是属于上帝的，然而，比火车的速度和最快的马的速度高一百倍的炮弹的速度却是属于我们的！”

J.-T. 马斯顿动了感情；他在唱颂那首神圣的炮弹赞歌时，声音变得舒缓抒情了。

“你们想知道数据吗？”他接着又说，“我就有一些颇有说服力的数据！就拿不起眼的八〇[1]炮弹来说吧。虽然它是电的速度的十万分之一，是光的速度的六百四十分之一，是地球环绕太阳公转速度的七十六分之一，但是，在飞出炮筒时，它的速度已经超过了声速，达到每秒两百托瓦兹，每分钟十四英里（六法里），每小时八百四十英里（三百六十法里），每天两万零一百英里（八千六百四十法里）[2]，也就是说，等于地球自转中赤道地带的速度，亦即每年七百三十三万六千五百英里（三百一十五万五千七百六十法里）。因此，它可以用十一天的时间到达月球，用十二年的时间飞抵太阳，用三百六十年的时间抵达太阳系最远处的海王星。这就是用我们的双手制造出来的不起眼的炮弹的丰功伟绩！如果我们将其速度提高二十倍，以每秒七英里的速度把它发射出去，那会是个什么景况呀！啊！伟大的炮弹！光辉的炮弹！我十分开心地在想象你在月球上像一位地球使节似的受到热情接待的场景！”

J.-T. 马斯顿热情洋溢的发言受到成员们的热烈欢呼；他十分激动地在他的同事们的祝贺声中坐了下来。

“我们已经对此唱颂了不少赞歌了，”巴比凯恩说道，“现在，我们还是直接进入关键问题吧。”

“我们准备好讨论具体问题了。”委员会的成员每人吃了半打三明治，回答道。

[1] 即重 80 磅的炮弹。——原注

[2] 原文如此，似有误。两万零一百英里约合 8094 法里。

“你们都知道要解决的问题是什么，”巴比凯恩又说道，“那就是让炮弹的速度达到每秒一万二千码。我完全有理由相信我们将成功地解决这一问题。不过，眼下，让我们先研究一下到目前为止炮弹所能达到的速度是多少。摩根将军可以向我们介绍一下这方面的情况吗？”

“这并不难，”摩根回答道，“因为战争期间，我是试验委员会的成员。我告诉你们吧，射程为两千五百码的一百口径的达尔格伦大炮可让炮弹的初速度达到每秒五百码。”

“很好。那么哥伦比亚德·罗德曼炮呢？”主席问道。

“哥伦比亚德·罗德曼炮在纽约附近的汉弥尔顿炮台试射了一颗重半吨的炮弹，射程为六英里，速度为每秒八百码，这是英国的阿姆斯特隆炮和帕利塞炮从来没有达到过的速度。”

“噢！英国人！”J.–T. 马斯顿往东方转了一下他那吓人的铁钩，不屑地说。

“这么说，”巴比凯恩又问道，“这个八百码的速度是迄今为止所达到的最高速度？”

“是的。”摩根回答道。

“不过，我要说，如果我的那门迫击炮没有爆炸的话……”J.–T. 马斯顿反驳道。

“是呀，可它毕竟是爆炸了，”巴比凯恩做了个善意的动作阻止马斯顿说下去，“咱们就以这八百码的速度作为基点吧。必须将这一速度提高二十倍。因此，我们先将达到这一速度的问题留待下一次的会议来讨论吧。亲爱的同事们，现在我请大家把注意力集中在炮弹应该多大才合适的问题上。你们很清楚，我们在这儿要考虑的不再是重达半吨的炮弹了！”

“为什么不呀？”少校问道。

“因为我们的这颗炮弹应该很大，这样才能吸引月球居民的注意，如果月球上真的有人的话。”J.–T. 马斯顿说。

“对，”巴比凯恩说道，“而且还有一个更加重要的原因。”

“您是什么意思呀，巴比凯恩？”少校问道。

“我的意思是说，不但要把炮弹发射出去，而且还要注视着它，必须追踪其飞行全过程，直到它抵达目的地为止。”

“嗯？”将军和少校对主席的建议感到惊讶。

“非如此不可，”巴比凯恩以一个十分自信的男人的口气继续说道，“非如此不可，否则我们的试验将不会有任何结果。”

“这么说，”少校反驳道，“您想让这颗炮弹体积巨大？”

“不。请仔细地听我说。你们知道，光学仪器已经达到很精密的程度了；有些天文望远镜已经能够达到六千倍了，能够将月球的距离缩短到将近四十英里（十六法里）。而在这一距离下，六十英尺大小的物体完全清晰可辨。人们之所以没有更进一步地提高望远镜的观察能力，是因为提高了这个能力的话，就会损害望远镜的光亮度，而月亮只是一面反射镜，不能反射出足够强的光来，所以增加望远镜目前所达到的倍数是适得其反的。”

“那么，您打算怎么办呀？”将军问道，“您想让您的炮弹达到六十英尺？”

“不。”

“那您是想让月光更亮一些？”

“正是。”

“这太不可思议了！”J.–T. 马斯顿大声嚷道。

“是呀，不过说难也不难，”巴比凯恩回答道，“其实，如果我能够做到把月光穿过的大气层的厚度减少的话，不就让月光变得更强了吗？”

“那当然。”

“那好！为了获得这一结果，我只要在一座高山上架起一台天文望远镜就行了。这就是我们将要做的。”

“我明白了，我明白了，”少校说道，“您的方法让事情变得简单了！……那么您希望把望远镜放大多少倍呢？”

“放大四万八千倍，这样就可以将月球的距离缩小到只有五英里了，而且物体只需要直径为九英尺就清晰可见了。”

“妙极了！”J.-T. 马斯顿嚷叫道，“我们的炮弹直径就只有九英尺了？”

“正是。”

“不过，我冒昧地说一句，”埃尔菲斯通少校说道，“这么个重量还是……”

“噢！少校，”巴比凯恩回答道，“在讨论它的重量之前，我要告诉您我们的前辈们在这一方面是做出过出色成绩的。我并不是想说弹道学没有进步，只是应该知道，自中世纪时起，人们就获得了一些惊人的成绩，而且我敢说，比我们所取得的成绩还要惊人。”

“噢，不一定吧！”摩根反驳道。

“那您举举例子呀！”J.-T. 马斯顿大声说道。

“这再容易不过了，”巴比凯恩回答道，“我这么说是有根据的。比如，一四五三年，穆罕默德二世围攻君士坦丁堡时，士兵们发射出的石弹重达一千九百磅，个头儿应该挺大的。”

“噢！噢！”少校说道，“一千九百磅，那可是够重的！”

“骑士时代，在马耳他，圣艾尔玛堡的一尊大炮发射的一些炮弹重达两千五百磅。”

“不可能！”

“还有，据一位法国史学家说，路易十一统治时期，一门迫击炮仅仅发射了一颗重五百磅的炮弹；但是，这颗炮弹从巴士底狱——疯子关押智者的一个地方——飞到了夏朗东——智者关押疯子的一个地方。”

“太妙了！”J.–T. 马斯顿说。

“这之后，我们又见到了什么呢？见到了阿姆斯特隆炮发射出五百磅的炮弹，见到了哥伦比亚德·罗德曼炮发射出半吨重的炮弹！因此，似乎炮弹的射程倒是加大了，但是它的重量却减轻了。不过，如果我们把注意力集中在这个方面的话，随着科学的进步，我们就能够把穆罕默德二世和马耳他骑士们的炮弹的重量增大十倍。”

“这一点是很明显的，”少校回答道，“但是，您打算用什么金属材料来制造这种炮弹呢？”

“就用铸铁吧。”摩根将军说。

“哼！铸铁！”J.–T. 马斯顿非常不屑地大声说道，“用它来制造飞向月球的炮弹未免太普通了吧！”

“您口气也别太大了，我尊敬的朋友，”摩根回答道，“铸铁就够了。”

“不行！”埃尔菲斯通说，“既然重量与其体积成正比，那么一颗直径为九英尺的铸铁弹的重量就大得吓人了！”

“如果它是实心的，那当然如此；但如果是空心的，那就不一样了。”

“空心的！那还是炮弹吗？”

“我们可以在里面放一些信件，以及我们地球上生产的产品样品呀！”J.–T. 马斯顿说。

“是的，是一颗炮弹，”巴比凯恩回答道，“它必须是一颗炮弹，

一颗一百零八英寸[1]的实心炮弹可能重达二十多万磅，显然是太重了，为了让炮弹保持一定的稳定性，我建议将它的重量缩减到五千磅。”

“那它的弹壳应该多厚？”少校问道。

“如果我们按照规定的比例做的话，”摩根说道，“一颗一百零八英寸直径的炮弹的弹壳至少得两英寸厚。”

“那可太厚了，”巴比凯恩说，“请注意：这里所说的炮弹并不是穿甲弹；只要让它足以抵御火药气体的压力就可以了。因此，现在的问题就是，一枚重量仅是两万磅的铸铁炮弹，弹壁应该多厚？我们聪明的计算家——正直的马斯顿将当场告诉我们。”

“这再简单不过了。”尊敬的委员会秘书回答道。

他边说边在纸上写了几道几何公式，大家看到在他的笔下出现了几个 π 和 χ 的二次幂。他甚至好像没怎么计算就求出了某个立方根，然后说道：“弹壁顶多两英寸厚。”

“这么点厚行吗？”少校满脸疑惑地问道。

“不行，”巴比凯恩主席回答道，“显然不行。”

“那么，怎么办呀？”埃尔菲斯通不知如何是好地问。

“不要用铸铁，改用另外一种金属。”

“用铜？”摩根说。

“不行，铜仍然太重，我有更好的金属建议你们用。”

“什么金属呀？”少校急着问道。

“用铝。”巴比凯恩回答道。

“铝？”主席的那三位同事惊讶地大声说道。

“正是，朋友们。你们知道，法国的一位名叫亨利·圣克莱尔·德维尔的杰出化学家，一八五四年的时候，成功地从原料里提炼出铝来。

[1] 英寸，英美制长度单位，1 英寸 =2.539999918 厘米。

而这种宝贵的金属白如银，又如金子般具有恒定性，如铁一般具有韧性，如铜一般具有可熔性，又如玻璃一般轻巧，而且还很容易加工，在大自然中分布很广，因为铝机土是大多数岩石的主要成分，它又比铁轻三倍，似乎是专门为我们提供的制造炮弹的特殊材料。”

“铝万岁！”每每一激动就爱大声呼喊的委员会秘书嚷叫道。

“不过，亲爱的主席，”少校问道，“铝的成本是不是非常之高呀？”

“从前是的，”巴比凯恩回答道，“在发现它的初期，一磅铝价值两百六十到两百八十美元（将近一千五百法郎[1]）；后来跌到二十七美元（一百五十法郎），而现在，只有九美元了（四十八点七五法郎）。”

“可是，九美元一磅也还是价格不菲呀！”不轻易屈服的少校反驳道。

“那倒是，亲爱的少校，但这个价格并不是不可以接受的。”

“那么我们的炮弹的重量会是多少呀？”摩根问道。

“我算了一下，结果是，”巴比凯恩回答道，“一颗直径为一百零八英寸、壁厚两英寸的炮弹，如果是铸铁制的，重量会是六万七千四百四十磅，而用铝浇铸的话，重量就会减小到一万九千两百五十磅。”

“太妙了！”马斯顿嚷嚷道，“这正符合我们的计划呀。”

“妙极了！妙极了！”少校说道，“不过，您要知道，一磅铝价值十八美元[2]的话，那我们的炮弹就得花费……”

“十七万两百五十美元（九十二万八千四百三十七点五法郎），这我知道得很清楚，但是，朋友们，你们不必担心，我敢保证我们的试验并不缺钱。”

---

[1] 法郎，法国货币单位，有新法郎和旧法郎之分。2002 年停止流通。

[2] 原文如此，似有错误，因为前面刚说过现在一磅铝价值只有九美元了。

“钱会像雨点似的纷纷落入我们的钱柜中的。”马斯顿说道。

“喏，你们大家对使用铝怎么看呀？”主席问。

“同意！”委员会的那三位委员异口同声地回答。

“至于炮弹的形状嘛，”巴比凯恩接着说道，“那倒无关紧要，因为炮弹一旦穿过了大气层，它便进入真空了。不过，我倒是建议采用圆形炮弹，因为如果它高兴的话，还可以自转，可以自由自在地行动。”

委员会的第一次会议到此便结束了，炮弹的问题已经完全解决了。J.–T. 马斯顿一想到要往月球人的住地发射一颗铝制炮弹便兴奋不已，心想：“这将会让月球人看看地球人的脑子有多聪明！”

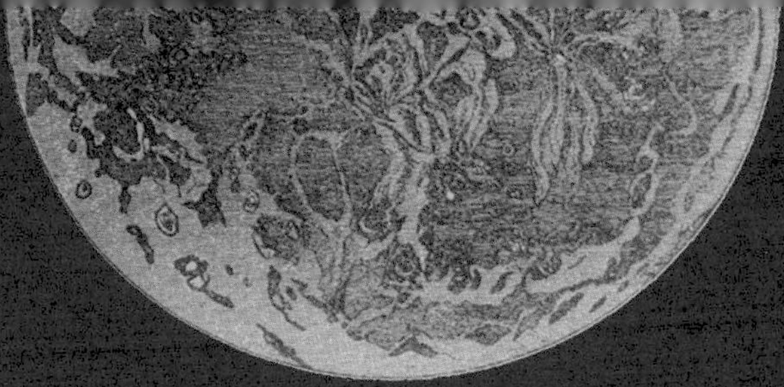

第8章

大炮的历史

这次会议所做出的决定在外界引起了极大的反响。一些胆小的人一想到要将一颗重达两万磅的炮弹发往太空不免有点惶恐不安。有的人在寻思什么样的大炮能够具有如此大的威力，让这么大个儿的炮弹产生足够的初速度。委员会第二次会议的记录将很好地回答种种疑问。

第二天晚上，枪炮俱乐部的那四位成员在摆放了很多三明治的桌前和茶海边上坐了下来，立即进入主题，没有任何的开场白。

“亲爱的同事们，”巴比凯恩说道，“我们现在就来讨论一下将要造的大炮的问题。它需要多长，什么形状、结构、重量等。我们有可能得造一门巨型炮，但是，无论困难有多大，我们的工业精英们都会战而胜之的。请大家注意听我说，如有反对意见，请立即提出来。我不害怕反对意见！”

大家低声细语地表示了赞同。

“咱们别忘了，”巴比凯恩继续说道，“我们昨天都讨论到哪儿了。现在的问题是这样的：如何让一枚直径为一百零八英寸、重达两万磅的炮弹产生每秒一万二千码的初速度？”

“没错，这确实是问题的关键之所在。”埃尔菲斯通少校说。

“我继续说吧，”巴比凯恩接着说道，“一发炮弹被发射到空中去，会是个什么情况呢？它为三种独立的力量所左右：外界阻力、地球引力和驱使它的推动力。让我们来研究一下这三种力量。外界阻力，也就是空气阻力，影响并不大。其实，地球大气层的厚度只有四十英里（约十六法里）。而炮弹的速度高达每秒一万二千码，五秒钟就穿过去了，时间很短，以致外界阻力可以说是微乎其微的。再来看一下地球引力，也就是炮弹的重力问题。我们知道这个重力是与距离的平方成反比的。而物理学告诉我们：当一个物体呈自由落体态状坠落到地球表面的时候，它在第一秒钟时下降十五英尺，而这同样的物体被移到二十五万七千一百四十二英里远处，也就是说，移到与月球一样远的地方去的话，它的下降速度在第一秒钟时将减小到半法分[1]左右。这几乎等于是静止不动了。因此，我们需要逐渐克服重力作用。怎么才能如愿以偿呢？用推动力。”

“这就是困难之所在。”少校说道。

“没错，这确实是困难之所在。”巴比凯恩继续说道，“但是，我们一定会战胜它的，因为这个对我们来说必不可少的推动力将由大炮的长度以及所使用的炮弹的火药的多少来决定，而后者又是受到前者的抗力所限制的。因此，我们今天就要研究一下大炮体积的大小问题。当然，我们可以把它建造成一门对付无限大抗力的大炮，因为它并不是用来演习的。”

“这些都是显而易见的。”将军说道。

“到目前为止，”巴比凯恩接着说道，“最长的那些大炮，我们的那些巨型哥伦比亚德炮，并没有超过二十五英尺长，而我们将不得不制造的体积巨大的大炮会让很多人惊讶不已的。”

---

[1] 法国古长度单位，1 法分约合 2.25 毫米。

“嗯！当然是的，”J.-T. 马斯顿大声地说，“我看得造一门至少半英里长的大炮！”

“半英里长！”少校和将军同时嚷道。

“是呀！半英里，可那还是短了一半呀。”

“行了，马斯顿，您也太夸大其词了。”摩根说道。

“我才没夸大其词呢！”脾气暴躁的秘书回敬道，“我真不明白您凭什么说我夸大其词呀。”

“因为您扯得太远了！”

“您得知道，先生，”J.-T. 马斯顿摆足了架子回答道，“一个炮手就像一枚炮弹一样，从来就没有太远不太远的问题！”

讨论转而变成人身攻击了，不过主席立即进行了干预。

“冷静点，朋友们，还是应该摆事实讲道理。很明显，必须拥有一门炮身很长的大炮，因为炮身越长，炮弹底下聚集的气体就越多，但是也得有一定的限度，超过了也没有必要。”

“太对了。”少校说道。

“在这种情况之下，应该采用的是什么样的一些标准呢？一般来说，一门大炮的长度是炮弹直径的二十到二十五倍，其重量是炮弹的两百三十五到两百四十倍。”

“这可不够。”J.-T. 马斯顿急躁地大声嚷嚷道。

“我同意，是不够，尊敬的朋友。确实，按照这个比例，一门宽九英尺重两万磅炮弹的大炮只不过长两百二十五英尺，重七百二十万磅。”

“这也太小了，简直就像一把手枪！”J.-T. 马斯顿说。

“我也这么认为，”巴比凯恩回应道，“因此我想把它的长度扩大四倍，造一门九百英尺的大炮。”

将军和少校提出了点异议，但是，巴比凯恩的这一建议得到了枪炮俱乐部秘书的热烈支持，最后被采纳了。

“现在，”埃尔菲斯通说，“炮筒壁的厚度应该是多少呢？”

“六英尺厚。”巴比凯恩回答道。

“您大概不会认为得把这么个大玩意儿支到炮架上去吧？”少校问道。

“可是，那才壮观呀！”J.–T. 马斯顿说。

“不过，不好操作，”巴比凯恩说，“我想还是把这门大炮就浇铸在地上，用一圈一圈的铸铁把它箍(gū)紧，再用砖头石灰给它砌上一圈，这样一来，它就能够与其四周的土地一起来抵御大炮的后坐力。炮身一旦铸成，就要仔细地铰好。炮膛量好内径，以防止炮弹漏气[1]，这样就不会浪费任何一点气体，火药的全部膨胀力都将变成推动力。”

“太好了！万岁！”J.–T. 马斯顿呼喊着，“我们的大炮设计成功了！”

“还没有呢！”巴比凯恩用手势让他的这位急脾气的朋友冷静一下，说道。

“为什么没有？”

“因为我们还没有讨论它的形状哪，是大炮式样、榴弹炮式样还是迫击炮式样？”

“大炮。”摩根说。

“榴弹炮。”少校说。

“迫击炮。”J.–T. 马斯顿提高嗓门儿说。

于是，又一场挺激烈的讨论开始了，每个人都主张采用自己所喜爱的武器式样。最后，主席打断了大家。

“朋友们，”巴比凯恩说道，“我的建议将让大家达成一致：我们的哥伦比亚德炮同时具有上述三种炮的炮口。它将是一门大炮，因为其

[1] 系指有时存在于炮弹与大炮炮管之间的空隙。——原注

弹膛与炮管的直径相同；它将是一门榴弹炮，因为它发射的将是一颗榴弹；最后，它将是一门迫击炮，因为它将会在九十度的一个角度瞄准，而且因为无后坐力，又牢牢地固定在地上，就能给大炮弹以聚集于两侧的全部推动力。”

“赞成，赞成。”委员会成员们一致回答道。

“我有一个小小的疑问，”埃尔菲斯通说，“这门大炮—榴弹炮—迫击炮混合体有没有膛线呀？”

“没有，”巴比凯恩回答道，“没有，因为我们必须让它具有一个非常大的初速度，你们很清楚，有膛线的大炮发射的炮弹速度没有光滑炮管发射的快。”

“没错。”

“这一回该算是成功了！”J.–T. 马斯顿说道。

“还没有完全弄好呢！”主席回答道。

“又怎么啦？”

“因为我们还不知道用哪种金属材料来制造它呢！”

“那我们就马上决定吧。”

“我正要向你们建议哩！”

委员会的四名成员每人都吃了一打三明治，又喝了一大杯茶，然后又开始讨论起来。

“正直的同事们，”巴比凯恩说道，“我们的大炮必须具有极大的抗断裂性、极大的硬度，高温下不熔化，遇到酸腐蚀不溶解，不氧化。”

“这些都不成问题，”少校回答道，“而且，因为必须使用大量的金属材料，选择起来并没什么困难。”

“那好！”摩根说道，“我建议制造哥伦比亚德炮要用迄今为止已知的最好的合金，也就是说，一百的铜、十二分的锡和六分黄铜的合金。”

“朋友们，”主席说道，“应该承认，这种组合效果非常好，但是，严格说来，它的造价太昂贵，制造起来也极其繁难。因此，我想，必须采用一种性能极好，而价格低廉的材料，比如铸铁。您是不是这个想法，少校？”

“正是。”埃尔菲斯通回答道。

“确实，”巴比凯恩接着说道，“铸铁比铜便宜十倍，它很容易熔化，它在砂模里简单地浇铸即可，操作起来极其快捷，因此，既省钱又省时。另外，这种材质绝佳，我记得战争期间，在围攻亚特兰大的时候，那些铸铁大炮，每门炮每隔二十分钟便发射出一千发炮弹，而大炮却毫发无损。”

“可是铸铁很容易断裂的。”摩根说道。

“那倒是，不过，它也非常坚固。另外，我可以向你们担保，它不会把我们炸死炸伤的。”

“即使把我们炸飞了，我们也是死得其所。”J.–T. 马斯顿一本正经地说。

“确实如此，”巴比凯恩说道，“因此，我要请我们尊敬的秘书计算一下，一门长九百英尺、内部直径九英尺、炮筒壁厚六英尺的铸铁大炮有多重？”

“马上就能算出来。”J.–T. 马斯顿回答说。

他像头一天那样非常熟练地列出公式来，一分钟之后，他说道：

“这门炮将重七万八千零四十吨（七千八百零四万千克）。”

“如果按每磅两美分（十生丁[1]）来计算，得多少钱？”

“两百五十一万七百零一美元（一千三百六十万八千法郎）。”

J.–T. 马斯顿、少校和将军神情焦虑地看着巴比凯恩。

[1] 生丁，法国货币名称，1 法郎等于 100 生丁。欧元发行后不再使用。

“好！先生们，”主席说道，“我要把我昨天跟你们说的重复一遍，请你们放宽心，我们并不缺钱！”

主席做了如此保证之后，委员会的成员们又决定第二天晚上举行第三次会议，然后，便散会了。

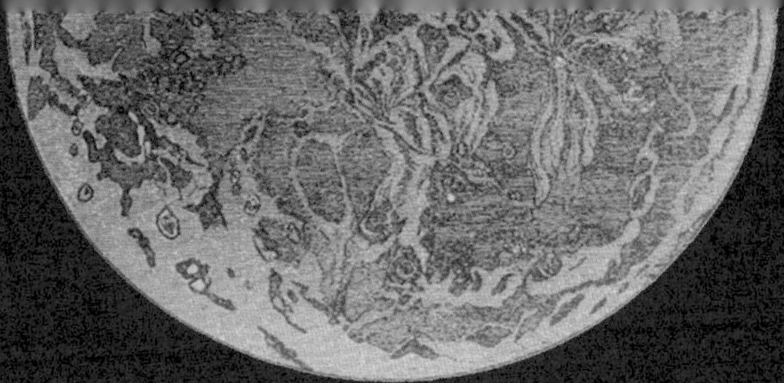

第9章

火药问题

接下来需要解决的便是火药问题。公众都在焦急地等待着这最后一个问题的解决。炮弹的大小和大炮的长度都已经定下来了，那么制造推动力所必需的火药应该是多少呢？这种已被人类掌控住的可怕的玩意儿，将在大炮的制造过程中扮演非同寻常的角色。

一般来说，大家都认为，而且很坚决地一再说，火药是十四世纪时由施瓦兹[1]教士发明的，他甚至为这一伟大的发明付出了生命的代价。但是，现在，几乎已经证实，这一说法应该归入中世纪传说之中。火药并不是哪一个人发明的；它是直接从希腊火硝[2]衍生而来的，它同希腊火硝一样，都是由硫黄和硝石构成的。只不过，自那一时期起，这些原本只是用来燃烧的混合物，转化成爆炸物了。

然而，虽然博学的科学家深知火药发明者的故事纯属谬误，可是却很少有人了解火药的威力。而这却是必须要了解的，这样才能明白委员会所讨论的这一问题有多么重要。

---

[1] 施瓦兹（1310—1384），德国发明家。人们误以为他发明了火药，其实他是青铜炮的发明者。

[2] 希腊火硝，即希腊火，是欧洲冷兵器时代用液态易燃物制作的武器。其成分大致是由液体沥青混合硫黄、松香等组成，不包含硝石。硝石是一种矿物，可用来制造炸药。

一升火药重约两磅（约九百克）；它燃烧时产生四百升气体，这些气体释放出来，在高达两千四百摄氏度高温的作用下膨胀开来，充盈着四千升的空间。因此，火药的体积与其爆炸时产生的气体体积之比是一比四千。我们由此可以想见，当这些气体被压缩在四千分之一的一个狭小的空间里的时候，它们产生的推动力该是多么吓人。

第二天，委员会的成员们进行讨论时，他们已经对此有了足够的了解。巴比凯恩请埃尔菲斯通少校先发言，因为后者在战争期间曾经担任过火药部主任。

“亲爱的同事们，”这位著名的化学家说道，“我想先举出一些无可辩驳的数字作为我们讨论的基础。前天，尊敬的 J.–T. 马斯顿用极富诗情画意的语言向我们描述的那种八十磅的炮弹，仅仅用十六磅的火药就能被射出炮口。”

“您对这个数据有把握吗？”巴比凯恩问道。

“绝对没错，”少校回答道，“阿姆斯特隆炮只用七十五磅的火药便能发射一枚八百磅的炮弹，而哥伦比亚德·罗德曼炮只用一百六十磅的火药就能将它的半吨重的炮弹射到六英里远的地方。这些都是事实，毋庸置疑，因为这些数据都是我亲自从大炮委员会的会议纪要中摘录的。”

“好极了。”将军称赞道。

“那好！”少校接着说道，“从这些数据中得出的结论就是，火药的用量并不随着炮弹重量的增加而增加。确实，一枚二十四磅的炮弹需用十六磅的火药，换句话说，对普通大炮而言，火药的用量是炮弹重量的三分之二，但这一比例并不是恒定的。你们计算一下就会发现一枚半吨重的炮弹使用的火药并不是三百三十磅，而只是一百六十磅。”

“您的意思是……”主席问道。

“亲爱的少校，”J.–T. 马斯顿反诘（jié）道，“如果您将您的理论推向极端的话，您根本不用火药就能将一枚很重的炮弹发射出去。”

“我的朋友马斯顿即使是讨论严肃的问题也这么乱开玩笑，”少校回敬道，“不过，敬请放心，我马上就提出一些有关火药的数据，这将满足他那作为炮手的自尊心。只是我必须强调指出，战争期间，即使是最大的大炮，其火药的用量也被减少了。经过试验，减少到炮弹重量的十分之一。”

“非常精确，”摩根说，“不过，在决定推力所必需的火药数量之前，我觉得最好是先商量一下火药的种类。”

“我们将使用粗粒火药，”少校说道，“它燃烧得比粉状火药要快。”

“那是肯定的，”摩根说道，“但是，它爆裂得厉害，会损伤炮膛的。”

“是的！不过，对于一门旨在长期使用的大炮来说，这确实是一大缺陷，可是对于我们的哥伦比亚德炮来说，就无伤大雅了。我们不会有任何的爆炸危险，只要大炮瞬间点火，其推动力便能发挥到极致。”

“我们可以钻好几个洞，”J.–T. 马斯顿说，“以便同时在不同的点儿点火。”

“当然，”埃尔菲斯通回答道，“不过，这样操作起来更加困难。因此，我再回到我说的那种大粒火药的问题，它能解决这些难题。”

“好呀。”将军说道。

“罗德曼在给他的哥伦比亚德炮填充火药时，”少校继续说道，“使用的是一种如栗子一般的粗粒火药，它是用在铸铁锅炉里简单烤焙的柳木炭制成的。这种火药既坚硬又有光泽，手摸了后手上也没有印迹，并且饱含氢和氧，一点就着，尽管容易爆裂，但却对炮口没有什么损伤。”

“很好！我觉得，”J.–T. 马斯顿说道，“我们用不着犹豫了，就选用它吧。”

“除非您喜欢金粉火药。”少校哈哈大笑地说道，但他的话让他的爱发火的朋友用铁钩子做了一个带威胁性的动作。

在这之前，巴比凯恩一直没有参加到讨论中来。他让大家说，自己只是在听。很明显，他已经有了一个主意，但他只是简简单单地说道：

“现在，朋友们，你们的意见是用多少火药呀？”

枪炮俱乐部的那三名成员彼此看了一会儿。

“二十万磅。”摩根第一个开口说道。

“五十万磅。”少校反对道。

“八十万磅！”J.-T. 马斯顿大声嚷道。

这一回，埃尔菲斯通不敢指责他的这位同事太夸张了。说实在的，这是要将一枚重达二十万磅的炮弹发射到月球上去，而且还得让它的初速度达到每秒一万二千码。这三位同事在提出各自的建议之后，会场上沉默了一会儿。

最后，巴比凯恩主席打破了沉默。

“正直的同事们，”他语气平缓地说道，“我考虑这一问题的原则是，我们在一些既定条件下制造的这门大炮的后坐力奇大无比。因此，我要让尊敬的 J.-T. 马斯顿惊讶了：我想告诉他说他的计算太保守了，而我建议把他的八十万磅火药翻一番。”

“一百六十万磅？”J.-T. 马斯顿闻言，腾地从椅子上站了起来，说道。

“正是。”

“可是，那就得使用我那半英里长的大炮了。”

“那是显而易见的。”少校说。

“一百六十万磅的火药，”委员会秘书又说道，“将要占据一个将近两万二千立方英尺的空间，可是，您的大炮的容量只有五万四千立方英尺，那一半都给火药填满了，而炮管又不够长，无法让气体膨胀到产生足够的推力去推出炮弹。”

没有人反驳这一说法。J.-T. 马斯顿说的是事实。大家都看着巴比凯恩。

“不过，”主席接着说道，“我坚持认为需要这一数量的火药。你们仔细想一想，一百六十万磅的火药将产生六十亿升气体。六十亿升呀！你们想想看呀！”

“那怎么做呢？”将军问道。

“这很简单。必须把火药减少，同时还得保证这个推动力。”

“对！可是，用什么方法呀？”

“我来说给你们听吧！”巴比凯恩简单地回答道。

主席的那三位同事眼睛全都直勾勾地看着他。

“这再容易不过了，”巴比凯恩说道，“其实，就是将这么一大堆火药的体积缩减到四分之一大。你们都知道构成蔬菜基本纤维的那种人们称为纤维素的奇妙的物质吧？”

“啊！”少校说道，“我明白你的意思了，亲爱的巴比凯恩。”

“这种物质，”主席说道，“可以从各种物体，尤其是棉花中获得，而且是最纯净的。其实棉花只是棉桃上的绒毛而已。而棉花浸泡在硝酸中，就会转化成一种极难溶化，而又极易燃烧，极易爆炸的物质。几年前，一八三二年，一位名叫布拉科诺的法国化学家发现了这种物质，把它称为‘木质炸药’。一八三八年，另一位法国人佩鲁兹研究了它的各种特性。最后，一八四六年，巴勒[1]的化学教授松班建议将它用于战争。这种炸药，就是硝棉……”

[1] 巴勒，即巴塞尔，瑞士的一个州府。

“或者叫木棉素。”埃尔菲斯通接嘴说。

“也叫火棉。”摩根也凑上来说。

“美国人就没有给它取个名字吗？”J.–T. 马斯顿在强烈的民族自尊心的驱使下大声嚷道。

“很遗憾，没有。”少校回答道。

“不过，为了让马斯顿感到满意，”主席接着说道，“我可以明确地说，我们的一位同胞可能与纤维素的研究密切相关，因为摄影术中的一种主要物质胶棉就是一种火棉，是溶于兑了酒精的乙醚里的火棉，而它就是当时还是波士顿医学院学生的梅纳德[1]发现的。”

“太好了！为梅纳德和火棉欢呼吧！”枪炮俱乐部的大嗓门儿秘书叫喊道。

“我再继续说木棉素，”巴比凯恩接着说道，“你们对它的那些特性都是很了解的，而这些特性将让我们把它视若珍宝。这种物质很容易提取，把棉花浸入冒烟的硝酸[2]里十五分钟，然后用大量的水冲洗，再晒干，就行了。”

“这的确非常简单。”摩根说道。

“再者，木棉素耐潮，我们认为这一特质非常宝贵，因为大炮装填火药得好几天工夫，而且它的燃点不是两百四十度，而是一百七十度。另外，它的燃烧速度极快，可以先点燃普通火药，然后再引燃它。”

“好极了。”少校说。

“只是它贵了点。”

“那有什么关系？”J.–T. 马斯顿反驳道。

“最后一点，它可以给炮弹以四倍于普通火药所给予的速度。我还

[1] 其实，事实并非如此。梅纳德曾有此想法，但火棉 1846 年就被一位法国人发明了，此人与波士顿的这位学生同名。

[2] 硝酸一接触到潮湿空气便会冒出浓浓的白色烟雾，因此得名。——原注

要补充一句，如果在其中掺进它的重量的十分之八的加了硝酸盐的碳酸盐的话，它的爆炸力还会大幅度地增大。”

“这有必要吗？”少校问道。

“我不认为有必要，”巴比凯恩回答道，“因此，我们用不着一百六十万磅火药，只需四十万磅的火棉就行了，而且因为我们可以毫无危险地把五百磅的棉花压缩成二十七立方英尺，所以这种物质在哥伦比亚德炮里只占据着一个三十托瓦兹高的空间。这么一来，炮弹在飞往月球之前，在六十亿升气体的推动下，在炮膛里有七百多英尺的空间可以穿越！”

听到这里，J.–T. 马斯顿激动得难以抑制自己了，他像一发炮弹似的猛扑进他的朋友巴比凯恩的怀里，如果巴比凯恩不是身板硬朗，扛得住炮弹的冲击的话，可能就会被马斯顿顶穿了。

委员会的第三次会议在这一小插曲下结束了。巴比凯恩和他的那几位无所畏惧的同事刚刚解决了炮弹、大炮和火药的极其复杂的问题，他们的计划已经拟定，就等着实施了。

“小事一桩，小菜一碟。”J.–T. 马斯顿说道。

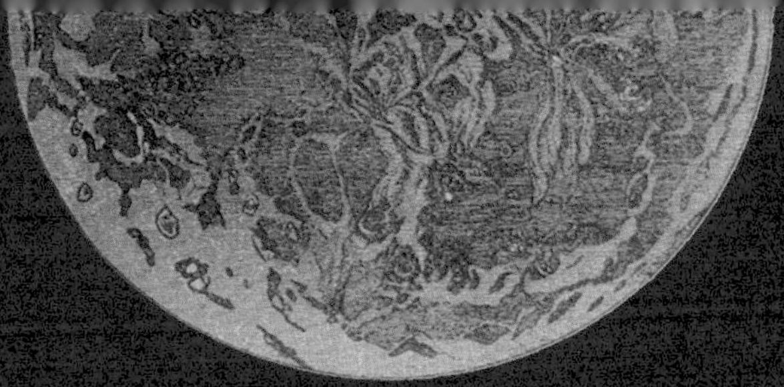

第10章

两千五百个朋友与一个敌人

美国公众对枪炮俱乐部的事情无论大小都表现出浓厚的兴趣。他们每天都在关注委员会的讨论。这次伟大的试验的最简单的准备工作、它涉及的几个数字、尚待解决的力学难题，总之，有关“它的进展”的一切情况，都是他们最感兴趣的。

从着手工作到试验完成要一年多的时间，但是，这段时间人们不会漠不关心的。浇铸场地的选择、砂模的制作、哥伦比亚德炮的铸造、极其危险的火药的装填等等，无不激发着公众的好奇心。炮弹一旦发射，瞬间便从人们的视线中消失，然后，它会是个什么样的情况，在太空中如何飞行，以什么方式在月球上着陆等一切，只有极少数的有特权的人才能亲眼看到。因此，试验的准备工作、试验的具体实施步骤，自然就让公众关心备至了。

这时候，一个意外情况立刻激发了公众对这纯科学的试验的兴趣。

大家都知道，巴比凯恩计划使它的制定者赢得了很多的崇拜者和朋友。然而，无论这些崇拜者和朋友人数是多么众多，也不可能包括所有的人。有这么一个人，合众国各州中唯一的这么一个人，就站出来反对枪炮俱乐部的这种做法。他一有机会便对它进行猛烈的攻击。人的本性使得巴比凯恩对这唯一的反对者的意见比对所有其他人的赞扬声更加关注。

其实，他很清楚这个反对意见的来由，知道这个唯一的敌对意见源自何方，知道它是出于个人恩怨，积怨甚深，他还知道它是从何种争强好胜的心态中萌发的。

这个死缠着不放的敌人，枪炮俱乐部主席从未与之谋过面。这反倒更好，否则狭路相逢，后果不堪设想。这个对手同巴比凯恩一样，也是一位科学家，生性狂妄自大，桀骜（ào）不驯，性格暴烈，是个十足的美国佬。人们称他尼科尔船长。他住在费城。人人皆知南北战争期间炮弹和铁甲舰只之间的奇特的争斗：炮弹旨在穿透铁甲，而铁甲则下定决心不让炮弹穿透。从此，南北大陆各州的海军就彻底地改变了。炮弹和铁甲在前所未有的激烈争斗中互不相让：炮弹变大变重，铁甲也在不断地加宽加厚。那些配备着巨型大炮的舰船在其坚不可摧的铁壳保护之下，冒着敌人的炮火，乘风破浪，勇往直前。“梅里马克”号、“莫尼托”号、“拉姆－坦内斯”号、“威考逊”号[1]在披上铁甲以防敌方炮火的攻击之后，也在发射一些巨型炮弹。它们在用它们不希望对方用以对付它们的方法来对付对方，而战争艺术就是建立在这个不道德的原则上的。

不过，如果说巴比凯恩是一位伟大的炮弹铸造者的话，那么尼科尔就是一位伟大的铁甲板锻造者。一个夜以继日地在巴尔的摩铸造炮弹，而另一个则日以继夜地在费城锻造甲板。二人遵循着各自完全对立的观点在行事。

巴比凯恩刚设计出一种新型炮弹，尼科尔便立刻发明一种新的甲板。枪炮俱乐部主席毕生从事“穿洞”，而尼科尔船长则竭力地在阻止对方把他的甲板打穿。因此，二人之间无时无刻不在争斗，以致发展到对个

[1] 均为美国海军军舰名。——原注

人的仇恨。在巴比凯恩的梦中，尼科尔浑身披挂着铁甲，自己则在其坚不可摧的铁甲前粉身碎骨。可是，在尼科尔的梦境里，巴比凯恩似一颗炮弹，把他穿了个透。

不过，尽管二人走的是相反的路线，但这两位科学家最终也许会不顾任何几何原理碰到一起。但是，真的走到一起的话，那可能就是在决斗场上了。幸好，这两位对国家极其有用的公民被五六十英里的一段距离隔了开来，而且他们的朋友们在这段路上设置了无数的障碍，使得他俩永远无法相遇。

现在，这两位发明家到底谁胜过谁，人们尚不太清楚；双方都成绩不菲，难以定论。不过，说到底，似乎铁甲最终会败给炮弹。

然而，资深人士仍心存疑虑。最近的数次试验，巴比凯恩的锥形炮弹面对尼科尔的铁甲简直是小巫见大巫了。那一天，费城的这位甲板锻造者自以为胜券在握，就不把自己的对手放在眼里了。但是，当巴比凯恩用普通的六百磅的炮弹代替前面的那些锥形炮弹之后，尼科尔船长便败下阵来了。的确，这些榴弹炮弹虽然速度一般，但却能将用最好的金属锻造的甲板击破，击穿，炸成碎片。

竞争发展到这一地步，胜利似乎应属于炮弹了，但是，在战争结束的当天，尼科尔却发明了一种新铸钢铁甲！这是铁甲中的一个杰作；它在向世界上所有的炮弹挑战。尼科尔船长把它运往华盛顿的炮兵靶场，挑逗枪炮俱乐部主席前来比试比试。但是，和平已经奠定，巴比凯恩不想去一比高下。

于是，尼科尔火冒三丈，他扬言可以接受任何形状的炮弹，无论是实心的、空心的，圆形的还是锥形的，都不妨一试。可是，巴比凯恩不为所动，不愿比试，以免影响自己向月球发射炮弹的计划的成功。

尼科尔见对方如此执拗（niù），非常气愤，便心生一计，故意让

巴比凯恩获胜，以引诱他比赛。他提出把自己的甲板放在离大炮两百码处，但巴比凯恩仍然表示拒绝。那么，一百码如何？即使是七十五码也不参赛。

“那就五十码吧，”尼科尔船长通过报纸叫板，“再近些也行，二十五码，而且，我就站在甲板后面！”

巴比凯恩让人转达说，尼科尔船长即使站在甲板前面，他也不会开炮的。

尼科尔得知对方这一回答，再也克制不住了，竟然开始进行人身攻击，含沙射影地说对方在尽量掩饰自己的懦弱、胆怯，说对方完全是被吓破了胆才一再拒绝的，说那些炮手现在是小心翼翼地躲在六英里以外打仗，是用数学公式来代替个人的胆量，而在各种战斗规则中，镇定自若地待在甲板后面迎接敌方的炮火才是最大的勇气的表现。

对于尼科尔的这种种影射，巴比凯恩并没予以回击。他也许根本就没有听到对方的那些讽刺挖苦，因为当时他正一门心思计划他那伟大的创举。当巴比凯恩在枪炮俱乐部做他的那个著名的报告时，尼科尔船长已经是怒发冲冠，难以平复了，其中还夹杂着一种极大的妒忌和一种极其无奈的心情！如何才能制造一种比那九百英尺的哥伦比亚德炮更好的东西呢！什么样的甲板能够永远抗御一枚两万磅重的炮弹呢！一开始，尼科尔被这“轰天炮”吓住了，沮丧而无奈，但他随后便挺起了胸膛，决心打破对方所说的关于炮弹重量的想法。

于是，他对枪炮俱乐部的计划进行了猛烈的攻击；他写了许多信件，报纸倒也不拒绝为他发表。他企图从科学方面击垮巴比凯恩的杰作。一旦战争打起来，他就从各个方面寻求理论根据，不过，话说回来，他的那些理论根据往往似是而非又站不住脚。

首先，他在数字上对巴比凯恩进行猛烈攻击，他企图用“A+B”模式来证明对方的计算公式是错误的，他指责对方连弹道学的基本原理都搞不明白。除了其他的一些错误外，根据尼科尔的计算，让某一个物体产生每秒一万二千码的速度是绝对不可能的。他根据代数原理，认为一发如此重的炮弹不可能越过大气层的限制！它连打到八法里都不可能！更严重的是，即使这一速度达到了，炮弹也抵御不了一百六十万磅火药燃烧后释放出来的气体的压力，而就算它抵御住了这个压力，那它至少也忍受不了这样高的温度。它一射出哥伦比亚德炮的炮口，就会熔化，像雨点一般纷纷溅落，浇到不注意危险的观看者们的脑袋上。

面对这些攻击，巴比凯恩眉头都没皱一下，仍然在继续工作着。

于是，尼科尔从其他的一些方面对这个问题发起攻击。他认为，且莫说这一试验从各个方面来看都毫无意义，而且，它既对将去参观这个该诅咒的试验的观众们又对处在这门该死的大炮周边的各个城市来说，都是极具危险性的。另外，他还指出，如果炮弹到达不了目的地——它是绝对不可能到达目的地的——那它显然会落在地球上，而这么个大家伙，以它速度的平方加速坠落，必然让地球上的某个地方惨遭祸殃。因此，在此情况之下，即使没有伤害到自由公民们的权利，政府也应该出面干涉，而不应为了某一个人的一意孤行而危及大众的安全。

大家可以看到，尼科尔船长夸大其词都到了什么程度了。但是，持有他这种观点的只有他一人。没有人相信他那不祥的预言。大家任由他去聒（guō）噪，任由他去叫嚷，直到他精疲力竭为止，这是他自找的。他在当一个先已败诉的案件的辩护律师；大家听见他在声嘶力竭地喊叫，但都没有好好地听，他未能从枪炮俱乐部主席那儿夺走哪怕一个崇敬者。而后者甚至都不屑于反驳对手的那些观点。

尼科尔走投无路了，他把自己的全部精力都搭了进去，但仍然未能赢得胜利，所以便决定用钱取胜。于是，他在里士满《调查者》上就此问题公开提出一系列的赌注，而且越赌越大。

他打赌道：

1. 枪炮俱乐部无法筹集到必需的资金，赌注一千美元。

2. 铸造一门九百英尺的大炮不切实际，而且不可能成功，赌注两千美元。

3. 给“哥伦比亚德”炮装填火药是不可能的，木棉素在炮弹的压力之下会自燃，赌注三千美元。

4. 一开炮，“哥伦比亚德”就会爆炸，赌注四千美元。

5. 炮弹飞不出六英里，而且在发射几秒钟之后便会落地，赌注五千美元。

大家看得出来，尼科尔船长为他那无法遏（è）制的执拗下了大赌注，总计不少于一万五千美元（八万一千三百法郎）。

尽管赌注巨大，但十月十九日，他还是收到了一封封了口的短笺（jiān），内容十分简单，就两个字：

愿赌。

巴比凯恩

十月十八日于巴尔的摩

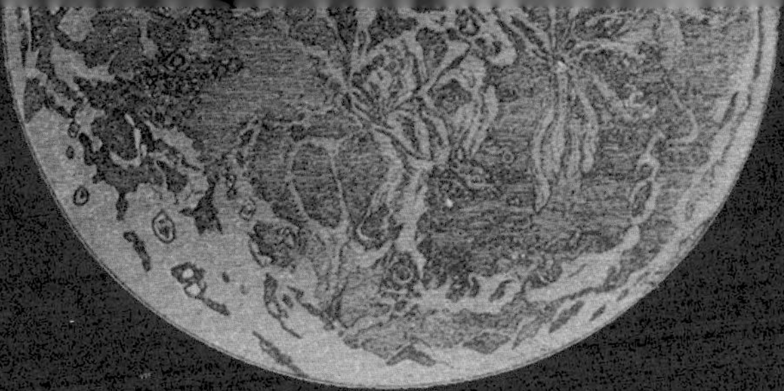

第11章

佛罗里达州和得克萨斯州

不过，有一个问题尚需解决：必须选择一个适合试验的地方。根据剑桥天文台的建议，炮弹的发射应垂直于地面，也就是说，应正对天穹。而月球只是在纬度〇度到二十八度之间才通过天空最高点，换句话说，它的赤纬[1]只有二十八度。因此，必须精确无误地确定巨型哥伦比亚德炮的铸造地点。

十月二十日，枪炮俱乐部召开全体会议，巴比凯恩带来一张 Z. 贝尔特罗普绘制的精美的美国地图。但是，还没等他展开地图，一向性情急躁的 J.–T. 马斯顿便要求发言。他开口说道：

“尊敬的同事们，今天要讨论的问题很重要，关乎国家利益，它将向我们提供一个表现伟大的爱国主义精神的机会。”

枪炮俱乐部的会员们面面相觑（qù），不明白这位演说家想说什么。

“诸位没有任何人不想捍卫自己祖国的荣誉的，”J.–T. 马斯顿接着说道，“如果合众国能够申请一项权利的话，那就是把枪炮俱乐部的这门巨型大炮铸造在它的领土上。可是，就目前的情况而言……”

“正直的马斯顿……”主席打断他说。

[1] 星球的赤纬是它在整个天体中的纬度，而赤经则是它的经度。——原注

“请允许我阐明我的观点，”演说家坚持说下去，“就目前的情况而言，我们不得不选择一个比较靠近赤道的地方，以便让试验能够在良好的条件下进行……”

“对不起……”巴比凯恩又一次打断了马斯顿。

“我要求自由讨论各种观点，”固执的J.–T.马斯顿硬是继续在说，“我主张，我们的那颗光荣的炮弹将要发射的那个地方应该属于合众国。”

“那当然啰！”有几位会员呼应道。

“那好！既然我国边界不太宽广，既然我们南边被大洋阻隔无法逾越，既然我们必须在美国以外，到一个位于纬度二十八度的邻国寻找地点，这正好是一个‘宣战的理由’，那我要求我们向墨西哥宣战！”

“不行！不行！”全场一片反对声。

“不行？”J.–T.马斯顿反驳道，“在我们这个圈子里，竟然听到‘不行’二字，真让我惊讶！”

“您好好地听听！……”

“我不听！不听！”气愤不已的演说家大声叫道，“这场战争迟早要打起来的，所以我要求今天就开战。”

“马斯顿，”巴比凯恩猛摇着铃铛说道，“我取消您的发言权！”

马斯顿意欲反驳，但终于被他的几个同事制止住了。

“我同意试验只能而且是只应该在合众国的土地上进行，”巴比凯恩说道，“不过，如果我的急脾气的朋友让我说下去的话，如果他用眼睛看看地图的话，他就会明白完全没有必要向我们的邻国宣战，因为美国的某些边界已延伸到二十八度以南了。你们看，我们拥有得克萨斯州和佛罗里达州的整个南部地区。”

J.–T.马斯顿的干扰被排除了，但他的被说服毕竟还是不无遗憾的。会议作出决定，哥伦比亚德炮或者在得克萨斯州或者在佛罗里达州铸造。

不过，这一决定可能会引发这两个州的史无前例的竞争。

从美国海岸穿过的北纬二十八度线横穿佛罗里达半岛，并使之分为相等的两部分。随后，它进入墨西哥湾，穿过阿拉巴马河、密西西比河和路易斯安那河构成的弓形。然后，登陆被它切下一个角的得克萨斯，延伸过墨西哥，穿越索诺拉，跨过古老的加利福尼亚，隐没于太平洋的那些大海之中。因此，只有得克萨斯和佛罗里达两州位于这条纬线下面的那些部分才符合剑桥天文台所建议的纬度条件。

佛罗里达州南部地区并无什么重要的城市。它只是有一些大堡垒耸立着，是防备东流西窜的印第安人的。只有一个城市——坦帕城——可能符合条件，有权申请。

相反，在得克萨斯，城市更多也更重要：纽埃西斯地区的科珀斯克里斯蒂，以及里奥布拉伏河上的那些城市——威伯地区的拉雷多、科马里特、圣伊格纳西奥，斯塔尔地区的洛马、里奥格兰德城，伊达尔戈地区的爱丁堡，卡梅伦地区的圣丽塔、埃尔潘达、布朗斯维尔——组成了一个强势联盟，对抗着咄咄逼人的佛罗里达州。

因此，刚一获知会议的决定，得克萨斯州和佛罗里达州的议员们飞快地赶到了巴尔的摩。自这一时刻起，巴比凯恩主席和枪炮俱乐部的有影响的会员们就没日没夜地被一些强烈的要求包围着。如果说希腊的七座城市为争夺荷马的诞生地之殊荣而争执不休的话，那么得克萨斯和佛罗里达这两个州为了一门大炮的问题而威胁要以武力相向。

这时候，人们看到那些“凶狠的兄弟”携带着武器在巴尔的摩的大街小巷里游来荡去。双方一旦狭路相逢，必生祸端，可能会导致灾难性的后果。幸好，由于巴比凯恩主席的谨慎和机智，这种危险才得以避免。个人的那种种不满在各个州的报纸上得到了宣泄。这么一来，《纽约先驱论坛报》和《论坛报》支持得克萨斯州，而《时代》周刊和《美国评论》则站在佛罗里达州的议员们一边。枪炮俱乐部的会员们不知道该听谁的好。

得克萨斯州的二十六个县不可一世地一起上阵，而佛罗里达州则回击道：在一个只有得克萨斯州六分之一大的州里，有十二个县动员起来了，它们的力量胜过二十六个县。

得克萨斯州大肆标榜它拥有三十三万人口，而佛罗里达州面积虽小，但也不忘吹嘘自己人口密度大，有五万六千之众。另外，它还调侃得克萨斯州，说它有一大特产——疟疾，每年会夺去好几千人的性命。关于这一点，佛罗里达州倒也没有胡编乱造。

得克萨斯州也不甘示弱，反唇相讥，说佛罗里达州在这个问题上并没有什么可以骄傲的，它自己也被慢性黄热病所困扰，却大言不惭地指责别人不卫生。佛罗里达州的说法也是有根据的。

“再者，”得克萨斯人通过《纽约先驱论坛报》补充说道，“对一个生产全美国最优质棉花的州，一个生产造船用的最好的绿橡树的州，一个蕴藏着出矿率高达百分之五十的优质煤和铁的州，我们应该表达敬意才是。”

对此，《美国评论》回应道，佛罗里达州的土地虽然没那么肥沃，但却能为哥伦比亚德炮的制模和铸造提供一些较好的条件，因为它是由沙土和黏土构成的。

“但是，”得克萨斯人又说道，“想在一个地方铸造任何一样东西，就必须先到那个地方去。然而，去佛罗里达的交通极其困难，而得克萨斯沿岸却有着加尔维斯顿海湾，其周长达十四法里，能停泊全世界的船队。”

“很好，”忠实于佛罗里达人的那些报纸回应道，“你们竟然把你们那位于纬度二十九度以上的加尔维斯顿海湾都给抬出来了。难道我

SCL 079

们就没有埃斯皮里图桑托海湾吗？它可是正好位于纬度二十八度线上的呀，而且船只通过它就可以直达坦帕城了。”

“好美丽的海湾！”得克萨斯州反诘道，“它的一半都被泥沙淤塞住了！”

“你们才被淤塞住了呢！”佛罗里达州气愤不已地驳斥道，“你们是不是还想说我们这儿是野人国呀？”

“没错，赛米诺游牧民们还在你们的草原上游荡呢！”

“是呀！可你们的阿巴什人和科曼什人难道已经开化了？”口水战如此这般地打了几天，佛罗里达人企图把其对手引到另一个战场上去。有一天，《时代》周刊暗示道，由于这个试验“纯粹是美国的”，那它就应该在一块“纯粹是美国的”领土上进行。

闻听此言，得克萨斯人急了，叫喊道：“美国人！难道我们不是同你们一样是美国人吗？得克萨斯州和佛罗里达州不是都在一八四五年并入合众国的吗？”

“当然是，”《时代》周刊回答道，“我们可是从一八二〇年起就属于美国了。”

“这我们是相信的，”《论坛报》反诘道，“在当了二百年的西班牙人或英国人之后，人家又把你们以五百万美元的价格卖给美国了！”

“那又怎么样！”佛罗里达人反驳道，“我们应该因此而羞惭吗？一八〇三年，难道路易斯安那州不是以一千六百万美元从拿破仑那儿买来的吗？”

“这是奇耻大辱！”得克萨斯州议员们吼叫道，“像佛罗里达这么一丁点儿的地方也敢同得克萨斯相提并论？得克萨斯可没被卖过，而是自主独立的，它于一八三六年三月二日把墨西哥人赶走，在山姆·休斯顿于圣·哈金托河畔击败桑塔·安纳[1]的军队之后便宣布成立了联合共和国！这个州最后自愿加入了美利坚合众国！”

“那是因为它害怕墨西哥人！”佛罗里达人回答道。

害怕！自从这个实在很刺激人的词说出来，局势便变得非常严重了。人们预见到双方的人马会在巴尔的摩街头巷尾大打出手，非置对方于死地不可。于是，不得不把议员们监视起来。

巴比凯恩主席不知如何是好。纪要、文件、恐吓信纷纷落到了他的手里。他应该支持哪一方呢？从土地的适用性、通信的便利性、交通的快捷性来说，这两个州旗鼓相当，不分伯仲。至于政治条件，也都没有问题。

巴比凯恩为此犹豫不决，举棋不定了很长时间，最后他决定摆脱困境。他把他的同事们召集在一起，向他们提出一个非常明智的解决办法，我们马上就可以看到。

“仔细考虑佛罗里达州和得克萨斯州之间刚发生的事之后，”巴比凯恩说道，“很明显，同样的种种困难也将会出现在被看好的那个州的各个城市之间。竞争将越来越扩大，从州到市，难度也越发地加大。而得克萨斯州就有十一个城市符合规定的条件，它们都将为争夺这份荣耀而博弈不止，这又将给我们制造出一些新的麻烦来。而佛罗里达州却只有一个城市，因此，我们就选择佛罗里达州，选择坦帕城吧！”

这个决定一公布，得克萨斯州的议员们便惊呆了。他们怒火中烧，愤恨不已，指名道姓地大骂枪炮俱乐部的会员们。巴尔的摩的行政官员们只有一个办法，他们便采取了这个办法。他们让人开来一个专列，硬是将得克萨斯人塞进车里，以每小时三十英里的速度把他们送走了。

然而，尽管把他们全都迅速地送走了，可他们仍然没有忘记冲他们

[1] 安东尼奥·洛佩斯·德·桑塔·安纳（1794—1876），墨西哥政治家，野心勃勃的军队将领。

的对手们最后再挖苦一句，威吓一下。

他们挖苦佛罗里达州小得可怜，只不过是两个大海中间夹着的一个狭小的半岛，大炮一响，准会被震上天去的。

“好呀！就让它上天去吧！”佛罗里达人以一种无愧于古代人的简洁语言回答。

第12章

世界各地[1]行动起来

[1] 原文为拉丁文，指“对罗马并对全世界”，原为罗马教皇举行普世降福仪式时用语，转义为“世界各地”。

天文学、力学、地形学的难题一解决，资金的问题就出来了。实施该计划必须筹集一笔巨款。任何个人，甚至任何一个州都拿不出所必需的数百万美元来。

于是，巴比凯恩主席打定主意，尽管这是一项美国人的试验，也要把它当作一项全球的共同事业来做，并要求各个国家给予财政合作。参与地球卫星的事业既是全球人的权利也是全球人的义务，因此他决定公开募捐，从巴尔的摩扩展到全世界，全世界行动起来。

这场募捐活动将会异乎寻常地获得成功。不过，这是赠款而非借贷。严格地说，这一活动是没有回报的，是没有任何的获利机会的。

不过，巴比凯恩报告的影响并未局限于美国国内；它越过了大西洋和太平洋，到达亚洲和欧洲、非洲和大洋洲。合众国的各个天文台同国外的天文台进行直接联系；一些天文台，如巴黎、彼得堡、开普敦、柏林、阿尔托纳、斯德哥尔摩、华沙、汉堡、布达、波伦亚、马耳他、里斯本、贝拿勒斯、马德拉斯、北京等地的天文台，纷纷向枪炮俱乐部表示祝贺；其他国家的那些天文台则持一种谨慎的观望态度。

至于格林尼治天文台，在美国其他二十二个天文台的支持下，态度十分明确地表示反对；它断然否定试验会取得成功，公开站在尼科尔船长一边。因此，当各个科学家团体答应派遣代表去坦帕城时，格林尼治天文台却召集会议，严词拒绝巴比凯恩的建议。这纯粹是美国式的妒意大发。

总之，在科学界，反应极佳，而且通过科学家，又将这种极佳反应传到了对这一问题总的来说都很积极的群众当中。这一点非常重要，因为这些普通民众将会响应号召，捐赠大量的金钱。

十月八日，巴比凯恩主席发表了一个热情洋溢的宣言，号召“全球所有善良的人们”积极地行动起来。这个宣言被译成各种语言，获得了很大的成功。

募捐活动在合众国各主要城市展开，募捐的钱最后存入巴尔的摩街九号的巴尔的摩银行里。接着，在两个大陆的各个国家又开展了募捐活动：

维也纳，S.-M.德·罗思柴尔德银行；

彼得堡，施蒂格列茨公司；

巴黎，动产信贷银行；

斯德哥尔摩，托蒂暨阿弗来德森银行；

伦敦，N.-M.德·罗思柴尔德父子银行；

都灵，阿尔杜安公司；

柏林，门德尔松银行；

日内瓦，隆巴尔暨奥迪埃公司；

君士坦丁堡，奥托曼银行；

布鲁塞尔，S.朗贝尔银行；

马德里，达尼埃尔·威思韦尔银行；

阿姆斯特丹，荷兰信贷银行；

罗马，托洛尼亚公司；

里斯本，莱思纳银行；

哥本哈根，民间银行；

布宜诺斯艾利斯，莫阿银行；

里约热内卢，莫阿银行；

蒙得维的亚，莫阿银行；

瓦尔帕莱索，托马斯·拉尚贝尔公司；

墨西哥，马尔丹·达朗公司；

利马，托马斯·拉尚布尔公司。

巴比凯恩主席的宣言发表后第三天，就有四百万美元（二千一百六十八万法郎）汇入合众国各个城市的银行了。有了这么一大笔资金，枪炮俱乐部的试验工作就可以开始了。

不过，几天之后，美国收到一封又一封电报，说是外国的募捐搞得也很轰轰烈烈。有些国家表现得慷慨大方，也有一些国家却并不豪爽。这也难怪，性格使然。

不管怎么说，数字比言语更有说服力，以下便是募捐活动结束之后，枪炮俱乐部所统计到的捐款情况。

俄国捐出的款项高达三十六万八千七百三十三卢布（一百四十七万五千法郎）。俄国人对科学有着极大的兴趣，天文台很多，在天文学研究方面取得很大的进步，其中最大的那个天文台造价高达两百万卢布。如果了解这些情况，就不会对他们的慷慨解囊感到惊讶了。

法国一开始是嘲讽美国人的狂妄自大的。法国人趁机改编了成千上万的老旧文字游戏和一二十部滑稽戏，其中的庸俗与无知的语句比比皆

he Gun
Club
cription.
ll the men
goodwill
t populate
e Earth.

是。但是，正如法国人从前唱完歌要付钱一样，这一次，他们笑完之后也付了钱：一百二十五万三千九百三十法郎。出了这么一大笔钱，他们完全有理由说笑一番了。

奥地利虽然财政困难，但也表现得比较慷慨。它从税收中拿出二十一万六千盾（五十二万法郎），数目不小，颇受欢迎。

瑞典和挪威捐出五万二千里克斯达尔（二十九万四千三百二十法郎）。对这两个国家来说，这笔捐款数目已经不小了。不过，如果在克里斯蒂安尼亚和斯德哥尔摩同时搞募捐的话，捐款肯定会更多的。挪威人不知何故，反正不喜欢把自己的钱寄往瑞典去。普鲁士人捐出二十五万塔勒（九十三万七千五百法郎），表明他们高度赞赏这一试验。他们的各个天文台都踊跃地捐了大笔的钱，并且以极大的热情鼓励巴比凯恩主席。

土耳其人也很大方。不过，话说回来，这个试验与他们的国家利益息息相关。事实上，他们的年历和斋戒日都是依据月球的运行而制定的。所以，他们捐出了不下一百三十七万两千六百四十皮阿斯特（三十四万三千一百六十法郎），表现出了极大的热情，不过，其中夹杂着土耳其苏丹政府的强迫性。

在二流国家中，比利时独占鳌（áo）头，捐出了五十一万三千法郎，相当于每个比利时人大约捐了十二个生丁。

荷兰及其殖民地对这个试验也比较感兴趣，捐赠了十一万盾（二十三万五千四百法郎），但是，要求返还百分之五的折扣，因为他们付的是现金。

丹麦虽然国土面积有点小，但是，也捐出了九千个足色金币杜卡托（十一万七千四百一十四法郎），这足以证明丹麦人对科学探险的热爱。

日耳曼联邦保证捐赠三万四千二百八十五弗罗林（七万两千法郎），它不会再多出了，即使再要求，它也不会答应的。

意大利显然很拮据，但仍从孩子们的口袋里掏出二十万里拉，不过是把他们的口袋全都翻了个遍。如果威尼托地区（首府威尼斯）还属于它的话就好了，可惜威尼托地区最后并不属于它了。

信奉宗教的那些国家认为捐赠数额不应少于七千零四十罗马埃居（三万八千〇一十六法郎），而葡萄牙为表达自己对科学的忠诚信仰，捐出三万古鲁赛罗（十一万三千二百法郎）。

墨西哥则捐赠了八十六个金皮阿斯特（一千七百二十七法郎），这些钱都是寡妇们口袋里最后的那几个子儿，不过，帝国刚刚建立，难免手头紧些。

瑞士为美国的这个伟大事业提供了两百五十七法郎。必须实话实说，瑞士并没看好这个试验，它并不认为往月球上发射一枚炮弹就能真的同月球建立起生意上的联系，它觉得把资金投到这么毫无把握的事情上是很轻率的。不过，瑞士也许言之有理。

至于西班牙，它是不可能筹集到多于一百一十里亚尔（五十九法郎四十八生丁）的。它的借口是它有多条铁路等待完工。真实的情况是，科学在这个国家并不被看好。它还比较落后。另外，有一些西班牙人，虽然并不是没有知识，但是却不完全清楚与月球的体积相比炮弹的个头儿有多大。他们害怕炮弹会干扰月球的运行轨道，破坏它的地球卫星的作用，导致月球坠落到地球上，那样的话，还是放弃的好。因此，他们只出了几个里亚尔意思意思。

还有就是英国了。大家都知道英国对巴比凯恩的建议是嗤之以鼻的。大不列颠岛上的两千五百万英国人只有同样的一个灵魂。他们宣称枪炮俱乐部的行为是有悖于“不干涉原则”的，所以他们一个子儿也不出。

听到英国人的说法，枪炮俱乐部只是耸了耸肩，不予理会，只顾忙自己的事了。南美洲，也就是秘鲁、智利、巴西、拉普拉达河流域的各省，以及哥伦比亚，分别捐赠了各自的份额，总计三十万美元（一百六十二万六千法郎），列为捐赠榜单的首位。

以下是捐赠款的总数：

美国捐款：四百万美元

外国捐款：一百四十四万六千六百七十五美元

总计：五百四十四万六千六百七十五美元

以上即为公众捐到枪炮俱乐部的钱柜里的五百四十四万六千六百七十五美元。

请大家千万别对这么一大笔钱款感到惊讶。铸炮、钻孔、筑墙、运送工匠、把工匠们安置在一个几乎荒无人烟的地方、建造熔炉和房屋、工厂的设备、火药、炮弹、额外支出等等，根据工程预算，几乎将这笔钱花得个一干二净。南北战争时期，某些大炮的炮弹需花上一千美元；巴比凯恩的这枚在炮学记录上独一无二的炮弹很可能得花上五千倍不止。

十月二十日，枪炮俱乐部同纽约附近的艾德斯普林工厂签订了一份协议；该厂在战争期间向帕罗特提供了它最好的铸铁炮。

缔约双方规定，艾德斯普林工厂负责将铸造哥伦比亚德炮所需物资运往南佛罗里达的坦帕城。这一运输任务最迟必须在明年十月十五日前完成，而且必须保证交付使用的大炮完美无缺，否则将处以每天一百美元（五百四十二法郎）的罚金，直到月球在同样条件下出现为止，也就是说，到十八年零十一天之后。另外，还规定，招聘工匠、他们的工资、必要的管理工作一并由艾德斯普林工厂负责。

这份真诚的协议一式两份，由枪炮俱乐部主席因比·巴比凯恩和艾德斯普林工厂厂长签字，立即生效。

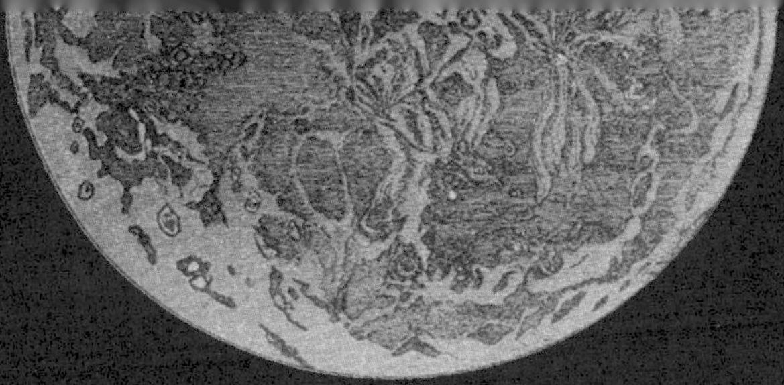

第13章

石岗

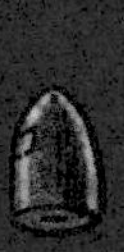

自从枪炮俱乐部的会员们作出了有损于得克萨斯的选择之后，在人人都读书识字的美国,每个人都把研究佛罗里达地理视为一种义务。书商们从未卖出过如此多的有关地理方面的书籍，如巴特朗的《佛罗里达游记》、罗曼的《佛罗里达东西部自然史》、威廉的《佛罗里达版图》、克莱朗的《论佛罗里达东部的甘蔗种植》等。这些书籍一版再版，盛况空前。

巴比凯恩可无暇看书，他要做的事情太多了。他要亲自查看并确定哥伦比亚德炮的铸造点。因此，他立即把制造一架天文望远镜的必需资金划拨给了剑桥天文台，还同阿尔巴尼亚的布雷德维尔公司签订了铸造铝弹的合同。随后，他在 J.–T. 马斯顿、埃尔菲斯通少校以及艾德斯普林工厂厂长的陪同下，离开了巴尔的摩。

第二天，这四位到达了新奥尔良。他们在那儿立即登上了政府拨给他们乘坐的合众国海军护卫舰“坦皮科”号，随即点火起航，很快便驶离了路易斯安那河岸。

航程并不遥远，起程两天之后，“坦皮科”号便航行了四百八十海里（将近二百法里），到达佛罗里达海岸。在驶近海岸时，巴比凯恩看到的是一片平坦的低洼地，十分贫瘠。驶过一个又一个盛产牡蛎和龙虾的小海湾之后，“坦皮科”号便进入埃斯皮里图桑托海湾了。

该海湾分为两个狭长的港湾：坦帕港湾和希利斯波洛海湾。“坦皮科”号很快便穿过两个海湾之间的狭窄入口。不一会儿，布鲁克炮台便显现在万顷碧波之上；接着，坦帕城出现了，它懒洋洋地躺在由希利斯波洛河口形成的天然小港的尽头。

十月二十二日晚七点，“坦皮科”号就在那儿停泊了；四位乘客立即下了船。

巴比凯恩一踏上佛罗里达的土地，便感到心脏怦怦直跳。他似乎在用脚试探着土地，仿佛一位房屋建筑师在踏勘地基是否牢固。J.–T. 马斯顿则用他的铁钩尖刮擦着地面。

“先生们，”巴比凯恩说道，“我们时间紧迫，从明天起，我们将骑马去勘察这片土地。”

巴比凯恩一踏上陆地，立即受到坦帕城三千居民的热烈欢迎，这是这位选定他们的土地来做试验的枪炮俱乐部主席应该获得的殊荣。居民们群情激奋，欢声雷动，但是，巴比凯恩急匆匆地离开了欢呼的人群，躲进富兰克林旅馆的一个房间，不想见任何人。他并不习惯当名人。

第二天，十月二十三日，一些健壮活跃的西班牙种小马在他的窗下踢蹬着。可是，并不是四匹，而是五十匹，骑手们都骑在马背上。巴比凯恩领着他的三位同伴连忙下楼，乍然置身于这么大的一个马队之中，一下子怔住了。另外，他发现每一位骑手肩上都斜背着一支马枪，马匹两边的手枪皮套里还插着手枪。见他满脸疑惑，一位年轻的佛罗里达人便立即上前向他道明这么炫耀武力的缘由，说道：

“先生，这里有许多塞米诺人。”

“塞米诺人？”

“半游牧民，是一些野蛮人，在草原上四处流窜，所以我们觉得应该护卫您。”

“哼！”J.-T. 马斯顿边上马边哼了一声。

“反正，这样要保险一些。”那位佛罗里达青年又说道。

“先生们，”巴比凯恩回答道，“我非常感谢诸位这么关心我们！好了，咱们走吧！”

这一小队人马立即启程，绝尘而去。这时是清晨五点，太阳已经金光闪闪，气温已达八十四度[1]，但是海风阵阵，吹散了热气。

巴比凯恩离开坦帕城，往南，沿着海岸，向阿利菲小溪走去。这条小溪在坦帕城下方十二英里处流入希利斯波洛海湾。巴比凯恩一行人沿着小溪右岸往东攀登。海湾的波涛很快便隐没于蜿蜒起伏的地势后面了，展现在他眼前的只是佛罗里达的田野。

佛罗里达分为两部分：一部分在北边，人口稠密，不算荒芜，首府是塔拉哈西，还有美国海军重要的军火工厂之一所在地彭萨科拉；另一部分夹在大西洋和墨西哥湾之间，被两处海水团团包围着，形成一个小小的半岛，长年被墨西哥湾侵蚀着，隐没在一个小群岛的中间，而且巴哈马运河的无数船只不停地从它身旁穿过。它是海湾大风暴的“前哨”。该州面积为三千八百零三万三千二百六十七英亩（一千五百三十六万五千四百四十六公顷），必须从中挑选出一块位于纬度二十八度以内的适宜做试验的地方来，因此，巴比凯恩骑在马上，边走边仔细地勘测着地形及其独特的结构。

---

[1] 此处为华氏度，华氏度是一种温度单位。华氏度与摄氏度的换算公式为华氏度 =32+ 摄氏度 ×1.8。这里的 84 度等于 28 摄氏度。

佛罗里达是一五一二年在庞斯·德·雷翁圣枝主日[1]那一天被发现的，被命名为“鲜花盛开的复活节岛”。不过，它并不配拥有这么迷人的名字，因为它的海岸被烈日烤得干燥无比。然而，在离岸边几英里处，土质在逐渐改变，该地区才无愧于它那迷人的名字。

无数的小溪、小河、大河、池塘、小湖纵横交错其间。人们仿佛置身于荷兰或圭亚那一般。但是，原野明显地在往上走，不一会儿，眼前呈现出种满植物的平原，北方和南方的蔬菜比比皆是。广阔的田野上，由于热带的日照和黏土中的水分，作物长得十分茁壮喜人。接着又是一片菠萝、木薯、烟草、水稻、棉花和甘蔗的田地，广袤（mào）无垠，一望无际，展示着肥沃的土地，丰硕的收获。

巴比凯恩看到地势在逐步升高，十分满意。这时候，J.-T. 马斯顿就这一点问他时，他回答道：“尊敬的朋友，我们最感兴趣的就是在高地上铸造我们的哥伦比亚德炮。”

“为了离月球近一点吧？”枪炮俱乐部秘书大声说道。

“不！”巴比凯恩面带笑容地回答道，“多几个托瓦兹或者少几个托瓦兹又有什么要紧呀？根本就无所谓的。不过，在高地中间，我们的工作会更容易一点的；我们将不必跟水斗争了，省去了安装那费时费力费钱的长长的水管道的烦恼了，而这一点是必须考虑到的，因为我们要钻一个九百英尺深的坑洞。”

“您说得对，”工程师默奇森说道，“钻坑过程中，必须避开水流，不过，如果遇到一些水源，也无伤大雅，我们可以用机器把它们抽干，或者把它们向别处引流。我们并不是要挖那口狭窄漆黑的自流井[2]；挖那口井把所有的工具——丝锥、套筒、探针等一股脑儿地都用上了。我

[1] 即复活节前的礼拜日。

[2] 指人们花了九年时间才挖好的格勒奈尔自流井，深达 547 米。——原注

们可不这样干，我们将在大白天里露天工作，用镢头或十字镐，再加上雷管，我们的进度会很快的。”

“不过，”巴比凯恩接着说道，“如果地势高或者土质好的话，我们就用不着跟地下水打交道了，那么进度会更快、更完美。因此，让我们想办法在一块高于海平面数百托瓦兹的地方开挖我们的坑洞吧。”

“您说得对，巴比凯恩先生。如果我没弄错的话，我们很快就将找到一个合适的地方。”

“好啊！我想挖第一镐。”巴比凯恩主席说。

“那我就挖最后一镐吧！”J.-T. 马斯顿大声嚷道。

“我们会成功的，先生们。”工程师回答道，“请相信我，艾德斯普林工厂将不会因延误工期而交纳罚金的。”

“炮神巴伯在上！您说得太对了！”J.-T. 马斯顿说道，“一天一百美元，直到月亮呈现出同样的条件为止，也就是说，十八年零十一天，你们知道这将是六十五万八千一百美元（三百五十六万六千九百〇二法郎）吗？”“不，先生，这我们并不知道，”工程师回答道，“不过，我们也用不着知道。”

将近上午十点，这一小队人马走了有十二英里左右的路程；肥沃的田野过后，接着是一片林区，生长着各种各样的热带树木。在这片几乎难以进入的大森林里，石榴树、柑橘树、柠檬树、无花果树、橄榄树、杏树、香蕉树、粗壮的葡萄藤，花儿朵朵，果实累累，五颜六色，香气四溢。在这些美不胜言的大树的香气十足的枝叶下，百鸟翻飞，欢声歌唱，尤其是其中的食蟹鹭，它们的窝巢仿佛是一只首饰盒，与它们的一身彩衣相得益彰。

J.-T. 马斯顿和少校置身在这大自然的美景之中，啧啧称羡，流连忘返。但是，巴比凯恩主席对这人间仙境却无动于衷，只顾往前赶路。

这片土地如此肥沃，反倒引起他的不悦。他虽然不是地下水的探测专家，但却感觉到脚下有水，他在寻找干燥的地方，但始终未能发现。

不过，大家仍在往前走着。必须蹚（tāng）过好多条小河，这也相当危险，因为河里满是凯门鳄，足有十七八英尺长。J.–T. 马斯顿用他那可怕的铁钩大胆地吓唬它们，不过他只是把河岸边的那些“野居民”——鹈鹕（tí hú）、野鸭、鹲（méng）鸟惊飞了，而一群群的体形很大的火红的火烈鸟则呆呆地看着他。

最后，这些湿地上的不速之客离开了。树木逐渐稀少，稀稀拉拉地散布在不很茂密的林地上。有几丛孤单零落的小树显现在无垠的平原上，只见一群群的黄鹿在奔跑。

“好了！总算到了松林地区了！”巴比凯恩大声叫道。

“这也是野人出没之地。”少校说道。

果然，远方影影绰绰可见几个塞米诺人，他们情绪激动，骑着快马跑来跑去，手举着长矛或用步枪射击。不过，他们也只是显示他们的敌对情绪，并无其他举动，所以巴比凯恩及其同伴们并不担心什么。

这时，他们来到一块石头遍地的平原中央。这是一块开阔地，足有好几英亩，火辣辣的太阳照射在它上面。它是由一块很宽阔的隆起的土地构成的，仿佛在向枪炮俱乐部的那几位会员展现它具备铸造哥伦比亚德炮的所有必需之条件。

“停下！”巴比凯恩说着便停了下来，“这个地方当地人叫什么呀？”

“石岗。”一个佛罗里达人回答道。

巴比凯恩没有吭声，翻身下马，拿起他的仪器，开始极其精确地测量自己所在的方位。其他的人围在他身旁，悄无声息地看着他。

此刻，太阳移到子午线了。不一会儿，巴比凯恩迅速地计算观测结果，然后说道：“这个地方位于海拔三百托瓦兹，纬度二十七度七分、经度五度七分。我觉得此处土质干燥，多石，完全符合我们的试验条件。因此，我们将在这儿建造我们的仓库、车间、熔炉以及工棚。我们的炮弹，”他用脚猛踩石岗高处说道，“就在这儿，就从这儿，飞向太阳系去！”

第 14 章

十字镐和镘刀[1]

[1] 镘（màn）刀，抹墙用的工具，俗称“抹子”。

当晚，巴比凯恩及其同伴们回到了坦帕城，而默奇森工程师则上了“坦皮科”号返回新奥尔良了。巴比凯恩需要招募许多的工匠，并且将大量的物资器材运来。枪炮俱乐部的会员们在坦帕城住了下来，以便在当地人的帮助之下，着手准备开工。

“坦皮科”号驶离一个星期之后，回到了埃斯皮里图桑托海湾，一队蒸汽船跟在它的后面也进了港。默奇森招募到一千五百名劳工。如果处于奴隶制那糟糕的年月的话，他可能是白白地浪费时间与精力了。但是，自从美国这块自由的土地住着的全是自由人，哪儿工钱给得高，他们就往哪儿跑。而枪炮俱乐部又不缺钱。它给工匠们一个很高的报酬，外带丰厚的奖金。被招募到佛罗里达去的工匠，在工程完工之后，有望领到以他们的名字开户的巴尔的摩银行的存款。默奇森为难的倒是如何进行筛选，他必须就工匠们的才能和技艺进行严格的把关。毫无疑问，经他手招募来的劳动大军中，都是一些出色的技工、司机、铸工、石灰煅烧工、矿工以及各行各业的小工，有黑人也有白人，没有肤色的歧视。其中的许多人还把自己的家属带了来。这是真正的一次大移民。

十月三十一日上午十点，这支劳动大军登上坦帕城的码头；不难想象，小城里人口一下子翻了一番，熙熙攘攘，热闹非凡。的确，枪炮俱乐部的这一创举让坦帕城大赚了一笔，这并不是因为涌入这么多的工匠，他们一到，便被直接送到石岗去了，而是因为许许多多的好奇的人从全球各地纷纷涌向佛罗里达半岛。

开头几天，大家都忙着把船队运送来的设备卸下来，其中有机器，还有食物，以及非常多的可拆卸的并编了号的铁皮组装的活动房。与此同时，巴比凯恩还设置了第一批长十五英里、旨在连接石岗和坦帕城的铁路路标。

大家知道，美国的铁路是在什么样的条件之下修筑的吗？那铁路弯道多，坡道多，无护栏，无桥隧工程，翻山过谷，无论是直线还是转弯，盲目地奔驰向前。修筑的费用不高，也不费力，只不过，火车会出轨，而且乘车人可以随意地跳上跳下。坦帕城到石岗间的铁路更是不在话下，既不费时又不费钱就能修筑完工。

毕竟，巴比凯恩是应他之召而来的人们的核心。他鼓励他们，他把他的心思、激情、信心传递给他们。他无处不在，仿佛他会分身术似的，身后始终跟着像只苍蝇似的嗡嗡叫的 J.-T. 马斯顿。他讲求实际，脑子里有成百上千的好主意。有了他，任何障碍、任何困难、任何困境都不复存在了。他既是矿工、泥瓦匠、技工，又是炮手，任何问题到了他那儿都会迎刃而解。他主动地与枪炮俱乐部或艾德斯普林工厂联络，而“坦皮科”号则日日夜夜地生着火，蒸汽压力保持充足，停泊在希利斯波洛海湾，随时听候他的调遣。

十一月一日，巴比凯恩领着一小队工匠离开了坦帕城，自第二天起，石岗周围那由活动房搭建起来的城市便出现了。城市周围用栅栏围了起来，生机勃勃，热热闹闹，大家很快便把它视为合众国的大城市之一了。城里的生活有条不紊，工程也按部就班地开始了。

通过事先的精心勘测，他们对土地的性质了解了，所以，十一月四日就得以开挖。这一天，巴比凯恩把工头们召集起来，对他们说道：

“朋友们，你们大家都知道我为什么要把你们集中到佛罗里达的这片荒僻之地来。是因为要铸造一门炮，内径九英尺，壁厚六英尺，并有一道十九英尺半的石墙保护着。因此，必须挖一个大大的坑洞，宽六十英尺，深九百英尺。这项庞大的工程八个月内必须完成。因此，你们在两百五十五天之内，必须挖掘两百五十四万三千四百立方英尺的土，凑个整数，也就是每天要挖一万立方英尺的土。当然，对于一个个行动完全自由的工匠来说，这并没有什么困难，但是，在一个相对狭小的空间干活儿，就比较艰难了。然而，这项工程既然应该做，那就要做好，我相信你们既有这种勇气又不缺乏技巧。”

上午八点，第一镐凿在了佛罗里达的土地上，自这一刻起，这些工具在矿工们的手中没有停息过片刻。工匠们每天四班倒地轮流工作着。

再说，无论工程有多么巨大，它总也敌不过人的力量。与人的力量相比，它简直渺小得很，不值一提。那么多的无比困难的活计，那么多的考验人们的极限的活计，最终都被圆满地干完了！类似的大工程也有，不妨举几个例子：那口名为“约瑟夫老爹井”的水井，是萨拉丁普丹在开罗附近挖掘的，当年，尚无能够代替上百号人干活儿的机器，而且，这口井深达三百英尺，到达尼罗河底！还有另一口井，是让·德·巴德（加洛林王朝[1]的边境总督）在科布伦茨挖掘的，深入地下六百英尺！喏！我们的这个工程又如何呢？它的深度比上面的深三倍，宽十倍，但这反而使挖掘工作变得更加容易！因此，没有任何一个工头、没有任何一个工匠会对这项工程的成功表示怀疑。

[1] 法兰克王国王朝名，得名于查理大帝。于 751 年建立，后分为意大利、德意志和法兰克三部分，最终于 987 年灭亡。

默奇森工程师在巴比凯恩主席的赞同下作出的一个重要决定，使得工程的进度进一步加快。按照协议中某条款的规定，哥伦比亚德炮得用铸热的铁箍箍起来。这种小心谨慎是多余的，白白地浪费金钱和时间，因为很明显，这些铁箍大炮可能用不着。因此，这一条款便被取消了。

这么一来，大大地节省了时间，因为现在可以采用新的挖井方法，工匠们可以边挖井边砌井壁。多亏了这个非常简单的方法，借助于横向支架挡住泥土滑落的方法也就没有必要使用了。井壁本身就可以牢牢地固定住松软的泥土，让泥土凭借自身的重量自行往下沉去。

但是，这个活计只有在挖到坚硬的土层时才可以开始。

十一月四日，五十名工匠在围起来的工作面中央，也就是石岗的最高处，挖了一个宽六十英尺的圆形坑洞。

十字镐首先碰到的是一种厚六英尺的黑土，很容易挖。随后便是一层两英尺厚的细沙土，工匠们细心地将它们收拢起来，留作以后制内层模子用。这层细沙土的下面是一种白色黏土，相当硬结，类似于英国的泥灰石，厚四英尺。

再往下挖，十字镐碰到了地下的坚硬土层，火星四溅，那是一种由很干很硬的贝壳化石构成的岩石层，所有工具都挖不动。坑洞到这儿为止，已有六英尺半深了，于是，便开始砌井壁。

在这个坑洞底部，人们制作了一个橡木“圆轮”，是一种用螺栓牢牢地固定住的不怕挤压的坚固圆盘，中心部位凿了圆洞，直径与哥伦比亚德炮的外径相等。井壁的头几块基石就砌在它的上面，用水泥把它们结结实实地砌在一起。工匠们从外围往中央砌着，最后被关在了一口二十一英尺宽的井里。

当这个活儿干完之后，工匠们又拿起鹤嘴锄和十字镐，开始挖掘木圆盘下方的岩石，并小心翼翼地用一些非常结实的“龙骨墩”（一种支

架）支撑住木圆盘。每向下挖掘两英尺，他们便相继地把这些龙骨墩抽出来，木圆盘便逐渐地往下落去，而砌好的圆形井壁石基也在往下走。工匠们不停地砌着井壁，壁上留着“出气孔”，以使铸造大炮时产生的气体从孔中溢出。

这种活计要求工匠们技术娴熟，不得有一时一刻的疏忽大意。在挖掘木圆盘下方的岩石时，不少工匠被崩起的石块击成重伤，甚至致命，但是，他们的热情并未消减，仍在夜以继日地拼命干着：白天，阳光充足，太阳几个月之后便将会华氏九十九度（四十摄氏度）的高温洒在那片已被烤焦的平原上。夜晚，在一盏盏电灯的白光之下，鹤嘴锄挖掘岩石的声响、雷管的爆炸声、机器的轰鸣声响成一片；还有那飘浮在空中的滚滚浓烟，在石岗周围形成一个巨大而骇人的黑圈，无论成群结队的野牛，还是一伙一伙的塞米诺人，都不敢近前。

不过，工程在正常地进展着；蒸汽吊车在忙着吊运物资器材；很少出现未曾预料到的困难，而所遇到的困难都是事先考虑到的，并被巧妙地克服了。

第一个月过去了，洞深达到了一个月所预定的目标——一百二十英尺。十二月，洞深翻了一番；一月份，深度达到三倍。二月份，工匠们不得不对付出现在眼前的地下含水层。工匠们使用大功率的水泵和空气压缩机把水抽干，然后像堵住船的漏水处一样用混凝土把泉眼堵上。最后，这些该死的水流终于被制服了。不过，由于土层松动，木圆盘出现局部的断裂，井壁也出现部分塌陷。大家可以想见，这个七十五托瓦兹高[1]的圆盘的挤压力有多么可怕！这次意外夺去了好几个工匠的生命。

修好石壁，使之恢复其功能，并把圆盘恢复到原先的坚固程度，足足花了三个星期的时间。不过，由于工程师默奇森的干练，由于所有使

[1] 七十五托瓦兹高相当于一百四十六米多。

用的机械的强大功率，这个建筑虽一时遭到损坏，但又恢复了原貌，挖掘工作得以继续进行。

自此之后，没有再出现任何新的意外来妨碍工程的进展。六月十日，离巴比凯恩确定的完工日期还有二十天，这个坑洞的石壁已经全部砌好，深度达到九百英尺。井底下，井壁底部立于一个三十英尺厚的巨大的圆墩上，而它的顶端则与地面持平。

巴比凯恩主席和枪炮俱乐部的会员们热烈地祝贺默奇森工程师，赞扬他以极快的速度完成了这项巨大的工程。

在这八个月中，巴比凯恩一刻也没离开过石岗；他在密切关注挖掘工程的同时，始终没有忘记关心他的工匠们的福利待遇和身体健康，他很高兴他们避免了那些人口密集的地方常有的传染病，这些疫病在赤道地区热带气候条件之下，极具灾难性。

的确，有好几个工匠因干这种危险活儿而丢了性命，但是，这种不幸又是无法避免的；再说，在美国人看来，这算不了什么的，他们也不太在乎。他们更关注的是整个人类而非某个个人。不过，巴比凯恩却与之相反，他始终在贯彻既关乎人类又关乎个人的原则。因此，由于他的细心关怀、他的足智多谋、他在困难情况之下的有力干预以及他那非凡的仁慈和远见卓识，平均的灾难数量才没有超过海外的那些采取了大量防范措施的城市，特别是法国。据估计，大约每一项二十万法郎的工程就有一起事故发生。

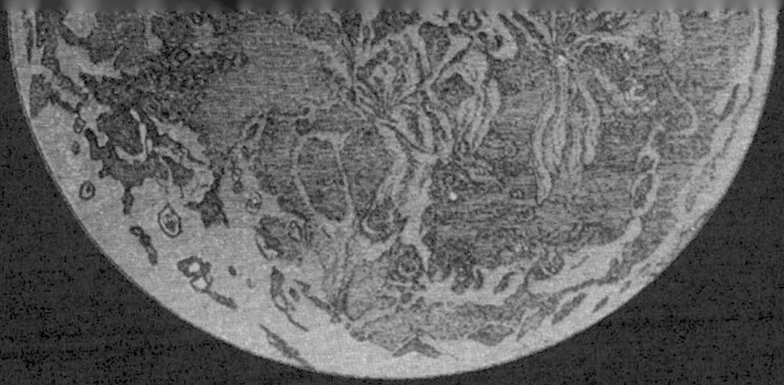

第15章

铸炮欢庆

在挖井工程的那八个月的时间里，铸炮的准备工作也以极快的速度在进行。如果一个外地人来到石岗，他会对呈现在面前的景象感到十分惊讶。

在离井口六百码的地方，垒起了一千二百个反射炉，呈圆形环绕那个深井，每个炉子宽六英尺，彼此间隔半托瓦兹。这一千二百个反射炉连接起来形成一条线的话，可长达两英里（将近三千六百米）。它们全都是一个模式，立着一个四角形的高大烟囱，景象十分壮观。J.–T. 马斯顿认为这种建筑布局非常美妙。它使他回想起华盛顿的那些建筑。在他看来，任何地方都没有比它更加壮美的建筑了。他说道："即使是在希腊，也从未有过。"

大家记得，委员会召开第三次会议时，便决心使用铸铁铸造哥伦比亚德炮，特别是用灰铸铁来造。这种金属的确更加有韧性，有延展性，更加易于锻压，易于镗（táng）孔，适应各种模具铸模，而且，经泥煤处理之后，质地上乘，适合制作各种抗后坐力强的机件，比如大炮、蒸汽压路机、水压机等。

不过，如果铸铁只经过一次熔化的话，那么铸铁就很难保持均衡一致，必须通过第二次熔化，除去它最后的那些泥土杂质之后，才能使之纯净无瑕。

因此，铁矿石在运往坦帕城之前，必须先在艾德斯普林工厂的高炉里加工处理，使之在高温之下与炭和硅接触，进行碳化，并转化成铸铁。经过第一道工序之后，铸铁被运到石岗。但是，一亿三千六百万磅的铸铁，如果通过铁路运输的话，运费十分昂贵，高达材料价格的一倍。看来，在纽约租一些船，装上铸铁锭更划算一些；但这也起码得租六十八条载重一千吨的大船，那可真算得上一个船队了。五月三日，这个大船队驶离纽约的各条航道，取道大洋，沿着美国海岸，穿越巴哈马运河，绕过佛罗里达海角，于当月十日，溯埃斯皮里图桑托湾，毫发未损地停泊在坦帕城港口。

船上的铸铁卸到码头，装到通往石岗的火车上。六月中旬，这堆积如山的金属终于运抵目的地。

不难想象，要同时熔炼这六万吨铸铁，一千二百个熔炉也不算太多。每个熔炉可容纳将近十一万四千磅的金属；它们都是按照当年铸造罗德曼炮所需之铸铁的熔炉的模式建造的，呈梯形状，非常低矮。加热装置和烟囱都在熔炉两端，因而熔炉各个部位都能均匀地受热。熔炉全都是用耐火砖制成，只装置着一个用以燃烧泥煤的铁架，以及一张摆放铸铁锭的“炉床”。这张“炉床”呈二十五度角倾斜，以便熔化了的金属得以流入承流器里；然后，一千两百条槽沟便将金属溶液引向中央基坑之中。

井壁和坑洞工程完工后的第二天，巴比凯恩便着手制造内模：在坑洞的中心，以其轴心为基准，立起一个九百英尺高、九英尺为周长的圆柱，它毫厘不差地填满留给哥伦比亚德炮炮膛的空间。该圆柱由黏土和沙土混合制成，其中掺了一些干草和稻草。铸模和井壁之间留下的间隔灌满金属液；这些溶液将成为六英尺厚的炮筒壁。

为了让这个大圆柱保持平衡，必须用一些铁框架将它固定住，并每隔一段就用横梁插入井壁，加以支撑。炮壁铸成之后，这些横梁便与已凝固的金属契合在一起了，不会造成任何妨碍的。

七月八日，铸模工程宣告结束，第二天将开始铸炮。

“铸炮的开工仪式肯定很精彩。”J.–T. 马斯顿对他的朋友巴比凯恩说道。

“当然，”巴比凯恩回答道，“不过，那不会是一个公众节日的呀！”

“怎么！您不把围墙的门打开让人们前来参观呀？”

“小心为佳呀，马斯顿；铸造哥伦比亚德炮可是一种尽管不能说是危险，却也是大意不得的试验呀。我宁愿关起门来铸造它。到发射炮弹的时候，如果愿意的话，倒是可以庆贺一番，但在这之前，庆祝是绝对不可以的。”

巴比凯恩主席说的是有道理的。这种试验可能会出现一些预料不到的危险，而观者如云的话，一旦遇到危险，场面必然一片混乱，无法控制。必须保证试验不受任何的干扰。除了前来坦帕城的枪炮俱乐部会员们的一个代表团外，任何人都不得进入围墙内。该代表团成员包括潇洒倜傥的比尔斯比、汤姆·亨特、布洛姆斯贝瑞、埃尔菲斯通少校、摩根将军等人，对他们来说，铸造哥伦比亚德炮已经变成他们个人的事情了。J.–T. 马斯顿充当起他们的向导来，向他们讲解每一个细节，带他们四处参观，去仓库，去车间，去机器中间，还硬要让他们一个一个地参观那一千二百个熔炉。等参观到第一千二百个熔炉时，他们已经累得受不了了。

铸铁在正午时开始。前一天，每座炉子都装满了十一万四千磅的铁锭，交叉地叠放着，以便空气得以在铁锭中间自由流动。从早晨起，那一千二百座熔炉，便开始向空中喷吐出大量的火焰，大地都在颤动着。装填了多少磅的金属，就得燃烧多少磅的煤。因此，六万八千吨煤同时向太阳喷出浓烟，形成一块厚厚的黑幕布。

很快，熔炉圈内的温度在直线上升，让人无法忍受，再加上轰隆声响成一片，如雷声滚滚。大功率的鼓风机也夹杂其中，呼呼地连续地往炉内吹风，氧气充足，炉火很旺。

要想成功，就得快速完成这项工作。号炮一响，每个熔炉就必须立即把溶液引出，让炉子出空。

一切安排就绪之后，工头们和工匠们都怀着一种激动而焦急的心情在等待着那决定性时刻的到来。熔炉圈内的人全都被疏散开去，而每个熔炉炉长都守候在溶液槽边，坚守着自己的岗位。

巴比凯恩及其同事们站在近旁的一个高处，观看出炉。他们前面放着一门大炮，等工程师一发信号，便发炮。

正午前几分钟，有小滴小滴的溶液开始滴出；承流器渐渐地积满，等铸铁完全熔化之后，还得在承流器里待上片刻，以便让杂质从溶液里沉淀下去。

十二点整，突然一声炮响，一道黄褐色的光亮在空中一闪。一千二百个溶液槽同时打开，只见一千二百条火蛇在向中央基坑爬行着。到了基坑边，只听见一阵可怕的巨响，溶液便哗哗地向九百英尺的深渊滚滚地倾泻着。场面十分壮观，非常激动人心。

当溶液一边向空中喷吐着滚滚浓烟，同时又让铸模里的湿气蒸腾，变成一股股的蒸汽，从井壁的通气孔中冒出来的时候，大地都在颤动着。这些假云假雾呈螺旋状向天穹升腾，直达五百托瓦兹的高空。如果远方有个野人，看到这番景象的话，可能以为佛罗里达深处有一处火山在喷发，不过，那可不是火山爆发，不是龙卷风，不是暴风雨，不是大自然在发威，不是！全都不是！是人的威力，是人在制造这些红褐色的蒸汽，是人在制造这些可与火山媲美的巨大火焰，是人在制造这些宛如地震一般可怕的震耳欲聋的声响，是人在制造这些与狂风骤雨匹敌的轰鸣，是人的双手在把像尼亚加拉大瀑布似的金属溶液倾入自己挖出的深渊。

第16章

哥伦比亚德炮

铸铁工程成功了吗？我们只能对此做一些简单的推测。不过，所有一切都让人觉得它是成功的，因为铸模已经把熔炉里的金属溶液全部吸收了。虽然如此，但还是需要很长的时间才能对此进行正式确定。

确实，罗德曼少校在铸造他那七十万磅的大炮时，也花了不少于十五天的时间来让它冷却。那么这门蒸汽包围着的滚烫灼人的巨型哥伦比亚德炮多少天之后才能让它的那些仰慕者看到它的真面目呢？这是很难预测的。

在此期间，枪炮俱乐部会员们的耐心受到了严酷的考验。但是，急也没有用，他们只能耐心地等待着。J.-T. 马斯顿更是急不可耐。熔铁工作完成后的第十五天，一个硕大无比的烟柱仍然耸立在空中，石岗顶上，方圆二百步以内，地面仍烫得无法下脚。

日复一日，一周又一周。没有什么方法能让这个巨大的圆柱冷却。根本不可能靠近它。只好等待。枪炮俱乐部的会员们无可奈何地苦苦地等待着。

“今天都八月十日了，”一天早晨，J.-T. 马斯顿说道，“离十二月一日只有不到四个月了！取掉内模、定内径、替哥伦比亚德炮装火药，这一切都等着去做！我们会来不及准备的！我们现在连挨近大炮都不可能！难道它老也不冷却吗！这可真的是太糟糕了！”

大家想方设法地安慰焦急的马斯顿秘书，但一点作用也没有。巴比凯恩却什么也不说，但他的沉默隐含着一种愠（yùn）怒。眼看着一个只有靠时间才能战胜的困难使工程无法继续进行下去（时间有的时候是一个可怕的敌人），大家又不得不受这个敌人的摆布，这对战士们来说，真是太残酷了。

不过，通过每天的观测，还是发现了地面的情况出现了某些变化。将近八月十五日，喷发出来的蒸汽的强度和浓度明显地在减少。几天之后，地里只散发出一层薄薄的水汽，那是被禁锢在“石棺中的猛兽”吐出的最后一口气。渐渐地，大地的颤动消失了，热量散发的范围缩小了；急不可耐的一些观众在向前靠近；今天往前靠近两托瓦兹，明天就靠近四托瓦兹，到了八月二十二日，巴比凯恩及其同事们和工程师终于可以踏到铸铁上面去了，而铸铁的最高层面与石岗顶层持平。毫无疑问，这个地方极其卫生，脚踩在上面还热乎乎的呢。

“总算成功了！”枪炮俱乐部主席深深地吐了一口气，大声地说道。

当天，工程便又继续下去。立即着手内模的清除工作，以保证炮壁畅通无阻。鹤嘴锄、十字镐、打孔器又开始忙碌地工作着。黏土和沙土因热力作用变得十分坚实。但是，有机器相帮，与炮壁粘连在一起的仍然热乎乎的这种泥沙混合物还是被清除掉了。清除下来的杂物被立即装车运走了。大家干得热火朝天，巴比凯恩又督促得紧，再加上他用美元来刺激众人，所以到九月三日，铸模的残迹全都清除得一干二净了。

跟着，镗孔的工作便开始了。机器立即安装到位，大功率的铰刀开动起来，铸炮的粗糙之处全部被铰刀锋磨得光滑锃亮。几个星期之后，巨大的炮筒的内层表面已呈圆筒状，炮壁也十分光滑。

最后，九月二十二日，离巴比凯恩的报告不到一年的时间，这尊大炮，口径精确无误，在一些精美器械的帮助之下，竖立起来，准备好发射了。现在就只是等着月亮了，不过，大家相信，月亮是不会爽约的。

J.-T. 马斯顿高兴得有点忘乎所以，他急不可耐地探头观察九百英尺的炮筒时，差一点儿就跌下去了。幸亏布洛姆斯贝瑞上校眼疾手快地伸出右臂一把将他搂住，枪炮俱乐部秘书才幸免于难，否则他就成了又一位埃罗斯特拉托斯[1]，葬身于哥伦比亚德炮的炮筒底部了。

大炮铸好了。毋庸置疑，完美无比。因此，十月六日，尼科尔船长无可奈何，只得对巴比凯恩主席履行诺言，往巴比凯恩的户头上汇入两千美元。不难想象，尼科尔船长嘴都要气歪了，简直咽不下这口气。不过，还有三个赌注——三千、四千和五千的——尚未见分晓，只要能赢得其中的两个赌注，那么，虽然说不上大赚一把，但也并不是输得很惨。不过，他气的并非钱的得失，而是他的对手的大炮竟然让他的十托瓦兹厚的钢板无可奈何，这可是给了他可怕的一击。

自九月二十三日起，石岗的围墙便向公众敞开了，观看者便像潮水般一下子涌了进来。

的确，数不清的好奇者从美国的四面八方涌到了佛罗里达。这一年，坦帕城全城都在忙于枪炮俱乐部的各个工程，人口一下子猛增，高达十五万人。它将布鲁克要塞围在了纵横交错的街道网中，现在，它在把埃斯皮里图桑托海湾一分为二的狭长半岛上向前延伸着。一些新的街区、新的广场、一幢幢新的房屋以美国式的火热的热情在此前一直荒芜的沙岸上冒了出来。一些公司纷纷创立，它们修建教堂、学校和私宅，

[1] 以弗所人埃罗斯特拉托斯为了让后世永远铭记他，于公元前 356 年放火焚烧了埃费斯城著名的阿尔忒弥斯神殿，后被处以火刑。当时的希腊当局下令，任何人不准再提他的名字，否则将被处死。

因此，不到一年工夫，坦帕城的面积便达到原先的十倍。

大家知道，美国佬天生就是做商人的料。无论命运将他们抛向何方，无论是冰封雪盖之地还是烈日炎炎的地带，他们都必须大力地发挥他们的经商本能。因此，一些纯粹是好奇的人，一些以观看枪炮俱乐部工程进展为唯一目的的人，一旦在坦帕城里安顿下来之后，便自然而然地做起生意来。那些租赁来运送物资和工匠的船只让港口空前地热闹繁忙起来。很快，其他各种形状和吨位的船舶，满载着食物、必需品和商品，穿梭于那两个港湾之间的水道中；一些很大的船东同业联盟和经纪人公司也在该城应运而生，《航海报》每天都在报道新抵港的船只情况。

鉴于人口飞快增加，商业极速发展，道路也在城市周围扩展着，同时，坦帕城与美国南方各州之间也修了一条铁路。这条铁路把莫比尔和南方大型的海岸兵工厂彭萨科拉连接起来了。然后，它又从这个重要的军事要地向塔拉哈西延伸而去。那儿原本就有一小段铁路，长二十一英里，使得塔拉哈西同靠近大海的圣马克斯连了起来。延伸到坦帕城的正是这一小段铁路，它一路之上唤醒着佛罗里达中心地区的那些死气沉沉、了无生气的地区。因此，在某一天，多亏了一个人的头脑里突然产生了这些卓越的想法，坦帕城理所当然地显现出一座大城市的气派来。大家把它称为“月亮城”。世界上所有的人都看到，佛罗里达的首府被这座“月亮城”的光辉完全笼罩住了。

现在，人人皆知，为什么当初得克萨斯州和佛罗里达州会争得那么不可开交，为什么当得克萨斯人看到自己的要求被枪炮俱乐部否决了的时候，会那么愤恨不已。他们凭借自己敏锐的洞察力，清楚地知道一个地方可以从巴比凯恩想要进行的试验中获取到什么以及一声炮响所带来的好处。得克萨斯在这之中丧失了成为一个大的商业中心、一些铁路的修建和人口极大增长的机会。所有这些好处全都到了佛罗里达这个惨不忍睹的半岛手里，到了这个被遗弃在海湾和大西洋波涛之间的防波堤上了。因此，得克萨斯人对巴比凯恩同对桑塔·安纳将军一样，恨之入骨。

然而，坦帕城新一代居民们虽然为商业和工业而疯狂，但并未忘记枪炮俱乐部所进行的有趣的各种试验。恰恰相反，试验的每一个微小的细节，鹤嘴锄的每一次挖掘，都让他们心潮澎湃。大家在城里和石岗之间来来回回不停地走动着，成群结队，络绎不绝，犹如朝圣一般。

人们已经能够预见到，试验的那一天，观者将会达到数百万之多，因为他们已经从全球各地聚集到这个狭长的半岛上来了。整个欧洲在往美国移民。

不过，必须指出，到目前为止，这如云般的观者的好奇心只得到了一点点满足而已。许多人原指望能观看铸炮的场景，但是看到的却只是团团的烟雾。这对他们贪婪的目光来说太少太少了，可是，巴比凯恩就是不准许任何人走近试验场。因而，人们深感不快，嘟嘟囔囔，怨声载道，指责枪炮俱乐部主席的声音四起，说他专横跋扈，说他的方式“缺少美国味”。石岗围墙周围几乎酿成骚乱。但大家知道，巴比凯恩不为所动，决心不改。

但是，当哥伦比亚德炮的铸造全部完成的时候，严禁参观的禁令已无法执行。再说，壁垒森严也太不合情理，甚至更糟，会惹恼公众，那就很麻烦了。于是，巴比凯恩便向所有来者敞开了大门。不过，他是个讲求实际的人，决定利用公众的好奇心赚点钱。

对于美国人来说，能够观赏巨型的哥伦比亚德炮已经是非常非常高兴的事了，但是，如果能够下到它的底部去看一看，那他们会觉得自己是“世界上最最幸福的人”了。

因此，没有一个好奇者不愿意享有下到底部去欣赏这个金属深渊的快乐的。一些吊在蒸汽绞盘车上的吊箱使得观众们的好奇心得到了满足。人们像疯了似的。女人、孩子、老人等全都乐此不疲，非要深入炮筒底部看清巨炮的秘密不可。下去一趟票价为每人五美元，尽管价格不菲，在试验前两个月期间，枪炮俱乐部还是赚了近五十万美元（二百七十一万法郎）。

不用说，哥伦比亚德炮的首批参观者是枪炮俱乐部的会员，这是合情合理地留给这个杰出团体的优先权。这一盛典于九月二十五日举行。一只贵宾吊箱把巴比凯恩主席、J.-T. 马斯顿、埃尔菲斯通少校、摩根将军、布洛姆斯贝瑞上校、默奇森工程师以及该俱乐部的其他几位尊贵的会员送了下去。一共有十来个人。这个金属长筒的底部仍然很热。大家在下面感到有点憋闷。但是，心里却是极其高兴的！多么迷人啊！哥伦比亚德炮的石台上支了一张餐桌，摆放着十副餐具，一束电灯光把大炮照得亮如白昼。无数的珍肴佳馔仿佛自天而降，一道一道地摆在宾客们的面前，而且法国最上等的葡萄美酒也在这九百英尺深的地下不停地流淌着。

盛宴气氛热烈，欢声笑语不断，觥（gōng）筹交错，为地球干杯，为它的卫星干杯，为枪炮俱乐部干杯，为合众国干杯，为月亮干杯，为月亮女神菲贝干杯，为狄安娜干杯，为月神塞勒涅干杯，为这个黑夜星球干杯，为“宁静的天穹使者”干杯！欢呼声、干杯声、笑声通过巨型传声筒雷鸣一般传到上面，围在石岗周围的人群与地下的宾客们一样地激动着、幸福着，跟着一起欢呼着。J.-T. 马斯顿已经难以抑制自己激动的心情。他是否喊叫得比手舞足蹈还要厉害，他是否喝得比吃得要多，没人能够说得清楚。反正即使用一个帝国来换他此时此刻的位置，他也不会干的。他说道：“不，即使大炮装满了火药，马上开炮，把我炸得粉碎，打到太空，我也不在乎！”

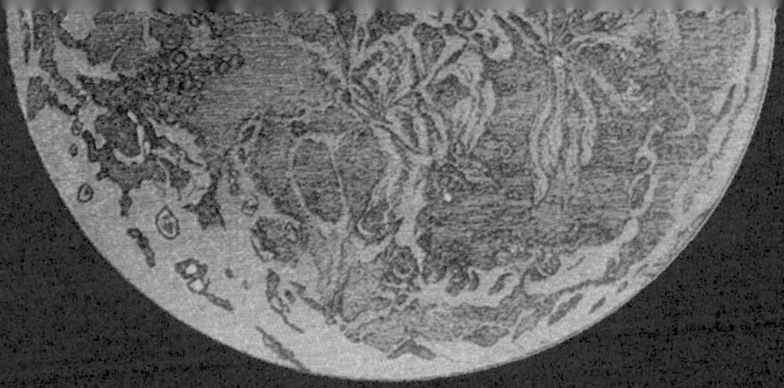

第17章

一份电报

枪炮俱乐部的那些重大工程可以说是已经结束了，但是，离向月球发射炮弹的时间还有两个月。对于全世界翘首以待的人们来说，两个月宛如数年一般漫长！发射那一天之前，报纸每天都连篇累牍地刊登发射的哪怕是最微小的细节，人们以热情而贪婪的目光研读着报纸。但是，人们仍在担心，从今往后，这份分配给公众的“兴趣红利”会不会缩水，人人都害怕再也获取不到日复一日的那份精神寄托了。

其实，这是根本不会出现的情况，最出乎意料的、最新奇特别的、最难以置信的、最像是不真实的一件事重新刺激了焦躁不安的人们的神经，让全世界都为之震惊，兴奋不已。

九月三十日这一天，凌晨三点四十七分，巴比凯恩主席接到了一封通过爱尔兰瓦伦西亚、纽芬兰岛和美国海岸的海底电缆传来的电报。

巴比凯恩主席立即打开了电报，尽管他自制力很强，但仍然边看边控制不住地嘴唇发抖，视力也逐渐模糊不清。其实电报的字数并不多。

这封电报现保存在枪炮俱乐部的档案馆里，全文如下：

美国佛罗里达州坦帕城巴比凯恩应用锥形圆柱体炮弹代替圆形炮弹。本人愿置身于炮弹之内随之飞往月球。我将乘“亚特兰大”号轮船抵美。

米歇尔·阿尔当

九月三十日晨四点[1]

于法国巴黎

[1] 发报和收报时间对不上，可能是因为美国与法国有时差。

第18章

“亚特兰大”号轮船上的乘客

如果这个惊天动地的消息不是从海底电缆传送而来的，而是通过邮局封签寄来的，如果法国、爱尔兰、纽芬兰、美国的电报局职员们未曾获悉电报的内容，那么巴比凯恩会毫不犹豫地把它随手扔掉。而且，他会因为小心谨慎和不影响他的杰作的声誉而缄默不语。这封电报可能是个骗局，特别是它出自一个法国人之手。一个普普通通的人，就算是胆大包天，又怎么会突发奇想去月球旅行呢？即使有这么一个人，那他也是个疯子，应该将他关进疯人院而不是把他装在炮弹里。

但是，电报内容已经传开了，因为电报传送机本身就缺少保密性，因此米歇尔·阿尔当的建议已经在美国各州传遍了。这么一来，巴比凯恩没有任何理由保持沉默了。因此他把尚留在坦帕城的同事们召集起来，随便地把那简短的电文读了一遍，既没向他们流露自己的看法，也没有让大家深入讨论电报的可信度。

“这不可能！——纯属胡言乱语！——搞恶作剧！——他在捉弄我们！——滑稽可笑！——荒谬至极！”几分钟之内，与会者们骂骂咧咧，既用语言又用在此情况之下所必有的手势，发泄了自己的愤怒和不屑之情。各人按照自己的脾气性格，或淡然一笑，或不屑地一笑，或哈哈大笑，或放声大笑，或耸耸肩膀。只有 J.–T. 马斯顿突发一言，语惊四座。

“这倒也是个主意！”他大声说道。

“是呀，”少校回答道，“不过，有时候，如果产生这样的想法，那也得有个前提条件，就是根本不想把它付诸实践。”

“为什么不呀？”枪炮俱乐部秘书 J.–T. 马斯顿立即反驳，准备争论一番。不过，大家并不想跟他争论。

这时候，米歇尔·阿尔当的大名已经在坦帕城传开了。无论是外地人还是当地人都在打听、观望或说笑，他们倒不是在嘲讽这个欧洲人——那是一个子虚乌有的人——而是嘲笑 J.–T. 马斯顿竟然信以为真，以为真有其人。当巴比凯恩建议向月球发射一枚炮弹的时候，人人都认为这一试验合乎情理，切实可行，是一个纯属弹道学的问题！可如今，却冒出一个并不是疯子的人偏偏提出来要置身炮弹之中，准备做一次异想天开的旅行，这简直是痴人说梦，滑稽可笑，搞恶作剧，用准确翻译成本国语言的法国词语来说，简直就是一个“骗局”[1]。

嘲讽一直持续到晚上，可以肯定地说，全合众国都在狂笑不已，在一个所有荒诞不经之举都自然而然地拥有一些鼓吹者、信奉者和拥护者的国家，这可是不怎么常有的事。

然而，米歇尔·阿尔当的建议像所有的新思想一样，不禁让某些人感到烦恼。它扰乱了人们习惯的情感表达。“我们没有想到过这一点！”这一插曲因其怪诞而很快便缠绕在人们的脑海之中。大家都在想它，有多少事头一天还被否定，第二天便变成现实了！这种旅行有一天怎么就一定不能实现呢？但是，不管怎么说，想这么去冒险的人一定是个疯子，既然他的想法肯定不可能受到重视，那么最好是闭口不谈它，何必让大家被他的胡言乱语搅得心神不定、不知所措。

[1] 原文为英文。——原注

不过，先得弄清，是否真的有这么个人？这是个关键问题！“米歇尔·阿尔当”这个名字在美国并不陌生！这是一个因其行为大胆而广为提起的欧洲人的名字。再者，这封通过大西洋底传送来的电报中，那个法国人声称自己乘坐的那艘轮船的名字，以及所指明的到达日期等所有这些情况，表明他的建议具有某种真实性。必须将这些情况全都弄清楚。很快，人们就分别地组合起来，并在好奇心的驱使之下，像原子受到分子的吸引一样，越聚越多，从而形成一个密集的人群，向着巴比凯恩主席的住处走去。

巴比凯恩主席自收到电报时起，就没有发表过任何个人意见，他任凭 J.-T. 马斯顿去说，既不表示赞同也不表示反对。他缄默不语，静观事态发展。不过，公众都按捺不住了；可他却以一种极其不悦的目光看着聚集在他窗下的坦帕城的民众们。很快，嘟哝声、谩骂声把他逼了出来。不难看出，他肩负着一切责任，因此，他也有着名人的种种烦恼。

他站到了窗前；民众安静下来。随即，一位公民说话了，他单刀直入地向巴比凯恩提出下面这个问题：

“电报上署名叫米歇尔·阿尔当的人是不是正在前来美国的路上？是，还是不是？”

“诸位，”巴比凯恩回答道，“我知道的并不比你们知道的多。”

“必须弄清楚这个问题！”一些人不耐烦地大声嚷叫道。

“时间将会告诉我们的！”巴比凯恩主席冷冷地回答道。

“时间无权让整个国家的人心存疑惑，”那个带头发言的人又说道，“您是否根据那封电报所要求的那样修改了炮弹图纸？”

“还没有，先生们。不过，你们说得对，必须弄清楚到底是怎么回事。电报局引起了这么大的混乱，它应该提供更多的情况。”

“找电报局去！找电报局去！”民众们在叫嚷。

巴比凯恩走下楼来。他走在广大人群的前面，带着大家向政府大楼走去。

几分钟之后，一封电报发给了利物浦船舶经纪人联合会。人们在电报中要求对方就下列问题给予答复：

“‘亚特兰大’号是什么样的船？它什么时候离开的欧洲？船上是否乘坐着一个名叫米歇尔·阿尔当的法国人？”

两小时过后，巴比凯恩收到了回电，十分明确，无可怀疑。

利物浦的“亚特兰大”号于十月二日起航，驶往坦帕城，船上有一名法国乘客，登记簿上写的是米歇尔·阿尔当。

看到这封回电证实了情况属实，巴比凯恩主席顿时两眼闪亮，他紧握起双拳，只听见他喃喃道：

“这么说这是真事！这是可能的事！这个法国人确实存在！过半个月他就抵达这里了！他真是个疯子！头脑发热！我绝不同意……”

不过，当天晚上，他便立即修书一封，寄往布雷德维尔公司，请求对方暂停铸造炮弹的工作，等待新的命令下达。

现在，还是先说说全美国是如何的激动；激动程度如何超过当初听到巴比凯恩的报告时的心情；合众国报纸都是怎么说的，它们是以何种方式对待这一消息的，它们又是以什么样的语气在颂扬这位欧洲大陆的英雄到来的；如何描述每个人的兴奋心情的，如何掰着手指头数日子的；这个尽管不太明晰的想法是如何掌控着每一个人的，是如何使人人寝食难安、无心干活儿，而埃斯皮里图桑托海湾却是汽轮、邮轮、游艇和各种型号的大小快艇在不停地驶来驶去的。成千上万的好奇者在短短十五天的时间里，一下子就将坦帕城的居民人数增加了好几倍，人们不得不像野战部队一样扎起帐篷露营。观者如云，人数到底有多少，实在是难以统计，还是别冒冒失失地去承担这种人力所不能为的统计

任务了。

十月二十日，上午九点，巴哈马运河信号台报告远方地平线上有一股浓烟。两个小时之后，一艘大型蒸汽轮船与信号台进行了信号联络。于是，“亚特兰大”号的名字立即传到了坦帕城。四点钟，这艘美国轮船驶入埃斯皮里图桑托海湾。五点钟，它全速穿越了希利斯波洛海湾。六点钟，它停泊在坦帕城了。

还没等船锚钩住海底，便有五百条小船把它团团围住，动弹不得。巴比凯恩第一个跨过船舷，用难以抑制的声音喊道：

“米歇尔·阿尔当！”

“我在这儿！”有个人登上艉（wěi）楼应答道。

巴比凯恩搂抱住双臂，嘴唇紧闭，用询问的目光盯着“亚特兰大”号上的这位乘客。

此人四十多岁，身材高挑，但已经有点驼背，像是双肩上支撑着阳台的柱子似的。他脑袋很大，状若狮子头，不时地甩动他那狮鬣（liè）般火红的头发。他短脸阔额，八字胡竖起，似猫胡须一般，双颊上长着一簇簇黄褐色的毛，眼睛圆圆的，目光有点茫然，两只近视眼眯缝着，让人看着更像是猫脸了。但是，他的鼻子却是又大又挺，嘴巴又尤为讨人喜爱，额头高高，显出聪明样儿，上面布满皱纹，像是一块从未抛荒过的田地一样沟壑（hè）交错；他上身肌肉发达，实实在在地立在两条长腿上；他双臂健壮有力，犹如两根坚实的撬棒。他步履矫健。凡此种种，让这个欧洲人像一个壮实的小伙子，借用一句冶金术语，他简直就像是“浇铸而成的”。

拉瓦塔[1]或格拉蒂奥莱[2]的门生们，能够毫不困难地根据这个人物的

---

[1] 拉瓦塔（1741—1801），瑞士作家、思想家和神学家。

[2] 格拉蒂奥莱（1815—1865），法国生理学家。

脑袋和面貌找出他那无可争辩的好斗的特征来，也就是说看出他那临危不惧的勇气和克服一切艰难险阻的决心来；还能看出他的善良和蔼与猎奇的性格来，这是他的本性，使他热衷于非凡的事物。然而，相反，他头上没有反骨，绝对没有占有欲或征服欲。

要想把“亚特兰大”号上的这位乘客的体态描绘清楚，最好是先指出他的衣服又肥又大，袖口宽松，裤子和外套十分肥大，以至于米歇尔·阿尔当自己也给自己取了个“衣料杀手”的绰号。他的领带皱皱巴巴，衬衣领口敞开，露出他那壮实的脖子，而且衬衣袖口永远不扣起来，两只动弹个不停的手从中伸了出来。我们感到，即使在寒冬腊月或在最危险的时刻，这个家伙也从来不感到冷——甚至从眼神里也看不出寒意来。

另外，他不停地在轮船甲板上，在人群中，走来走去，从不停下来，如同水手们所说的，“在走锚”，而且说话时手总是指来画去的，见到所有的人都以“你”相称，尤其是老爱咬指甲。这是造物主一时心血来潮造出来，而又立即毁掉其模子的那些怪人中的一个。

其实，米歇尔·阿尔当的个性为精神分析医师提供了一个广阔的观察空间。这个奇人生活在一种永恒持久的夸张状态之中，而其年龄尚未超出最高限：所有的事物在他的视网膜上都会变得出奇的大；因而，一些宏大的观念便聚合起来；他看到的一切都高大无比，除了困难和人以外。

此外，米歇尔·阿尔当还是一个精力充沛的人，一个天生的艺术家，一个聪明机智的单身汉，虽然谈不上妙语连珠，但却是一个一语中的的善辩之人。

在争论中，他并不太注意逻辑，不喜三段论，也从不为三段论劳心费神，他自有自己的一套。他很爱与人争论，常常抓住对方的话把儿回敬对方，击中要害，而且喜欢以利嘴钢牙为一桩桩了无希望的诉讼案辩护。

除种种怪癖而外，他还像莎士比亚一样，以一个“崇高的无知者”自诩，公开蔑视科学家。他说：“有些人只能在我们搞比赛时帮我们计计分而已。”总之，这是一个四处漂泊的波希米亚人，一个喜欢冒险而非冒险家的人，一个无比胆大的人，一个驾着太阳战车的法厄同[1]，一个带着备用翅膀的伊卡洛斯[2]。反正，他敢付出生命的代价，而且毫不犹豫、昂首挺胸地投入那些疯狂的事情中去。他敢于破釜沉舟，决心比阿加托克莱斯[3]还大，随时准备粉身碎骨，但最后总能安然无恙，如同孩子们爱玩的接骨木木偶一样。

他的座右铭就三个字：“无所谓！”如同东正教神父所说，对不可能的事的追求是他的“至爱”。

不过，这个执着的男人性格中也是有种种缺陷的！常言道，不入虎穴，焉得虎子。阿尔当虽常常冒险，但也并不是家财万贯！他挥霍无度，尤其嗜酒如命。他是一个仗义疏财之人，但是，他的善行义举同他的冲动冒失一样地多。他乐于助人，侠肝义胆，即使是对他的凶恶的敌人，他也不是赶尽杀绝，为了赎回一个黑奴，他竟然能卖身为奴。

在法国，在欧洲，这个赫赫有名的人家喻户晓。为了让雷诺梅[4]用上百种声音不断地宣传他，他竟然住在一个玻璃房内，让全世界的人都

---

[1] 法厄同，希腊神话中太阳神赫利俄斯之子，现已成为普通名词，意为“驾二轮轻便马车的驭手，尤指驾车鲁莽，不顾危险高速行驶者”。

[2] 伊卡洛斯，希腊神话中的人物，他用蜡将鸟翼粘于双肩，与父逃亡，因飞近太阳，坠海而死。

[3] 阿加托克莱斯，古代锡拉库萨国（位于意大利西西里岛东南，公元前 734 年为希腊城邦科林斯所建）暴君（公元前 361 —前 289 在位）。

[4] 雷诺梅，希腊文为“费梅”或“法玛”，是希腊人的隐喻女神，后又成为罗马人的女神。系一女妖，有一百只眼睛、一百只耳朵和一百张嘴巴。她也是宙斯神的信使。

能了解到他的全部隐私。不过，他也树敌不少，为了出人头地、标榜自己，他不惜排挤他人，毫不留情地冒犯、伤害、打击他人。

不过，大家仍然挺喜欢他，把他视作一个被惯坏了的孩子。用老百姓的话来说，他是“一个可交可不交的人”，但是，大家还是认为他是可交的人。每个人都对他的大胆行动感兴趣，都在以焦虑不安的目光注视着他。大家都知道他又大胆又冒失！当一个朋友阻止他，说是会有大祸临头的时候，他便笑容可掬地回答，而没料到自己引证的是所有阿拉伯谚语中最经典的一句：“森林只会被自己的林中树木烧毁。”

“亚特兰大”号上的这位乘客就是这样的一个人，总是躁动不安，总是火急火燎，总是激动不已，这倒并不是他的美国之行的缘故（他甚至连想都没这么想过），而是他那燥热的体质使然。如果要找两个性格截然不同的人的话，那么非法国人米歇尔·阿尔当和美国人巴比凯恩莫属了。不过，这两个人却也有共同之处：执着，大胆，无所畏惧。

枪炮俱乐部主席一直出神地凝视着这个让自己退居次要位置的对手，但突然间，人群中爆发出一阵阵的欢呼声和喝彩声，打断了他的沉思。一阵阵的呼喊声越来越疯狂，对米歇尔·阿尔当的个人崇拜，几乎达到狂热的程度，以致这个法国人在与成千上万的人握过手之后，恨不得把自己的手指头奉献出去，好躲进自己的船舱。

巴比凯恩跟着他走，但一言未发。

“您就是巴比凯恩吧？”二人单独在一起时，米歇尔·阿尔当问对方道，那口气像是跟一个二十年的老朋友说话似的。

“是的。”枪炮俱乐部主席回答道。

“嗯，您好，巴比凯恩。事情怎么样呀？很好？那太好了！太好了！”

“这么说，”巴比凯恩直截了当地说道，“您真的决定出发了？”

“真的决定了。”

“没有什么可以让您改变的了？”

“没有什么了。您是否按照我电报上所指明的那样对您的炮弹进行了改动？”

“我一直想等您来了之后再说，不过，”巴比凯恩又问了一句，“您真的考虑好了？”

“当然啰，难道我还有时间可耽误的吗？我找到了去月球旅行的机会，我就得抓住它，就这么回事。我觉得这事用不着翻来覆去地考虑。”

巴比凯恩凝视着这个人；此人在谈到他的月球旅行时是那么轻描淡写，漫不经心，毫不畏惧。

“可是，起码，”巴比凯恩对他说道，“您得有个计划，有一些实施方案吧？”

“当然有啊，亲爱的巴比凯恩。不过，请允许我向您指出一点：我喜欢一下子把自己的故事对所有的人讲完，然后就别再提了。这么做将可以避免一说再说。因此，如果您没有更好的意见的话，就请您把您的朋友们、同事们、全城的百姓们、全佛罗里达的人们，以及，要是您愿意的话，全美国的人们，全都召集起来，明天我就可以把我的全部方案介绍一下，并且准备好回答各种各样的反对意见。请您放心，我是不怕反对意见的。您觉得怎样？”

“我觉得可以。”巴比凯恩回答道。

说完，他便走出了船舱，把米歇尔·阿尔当的意见告诉了大家。他的话受到了众人的欢迎，大家又跺脚又欢呼。这么一来，困难全都迎刃而解了。第二天，人人都可以随意地欣赏这位欧洲英雄了。但是，有些最固执的群众仍然不愿离开“亚特兰大”号的甲板；他们留在船上过夜。其中包括 J.-T. 马斯顿，他用他那铁钩钩住船舰栏杆，除非用绞盘，否则无法将他弄走。

“他是英雄！真正的英雄！”他忽高忽低地不停地呼喊着，“与这个欧洲人相比，我们简直就是懦夫！”

至于巴比凯恩主席，在劝说众人离去之后，他又返回米歇尔·阿尔当的舱房，直到船上的钟敲响午夜十二点一刻时，他才离去。

这两位深孚众望的对手热烈地握手告别，而且，米歇尔·阿尔当已经用“你”来称呼巴比凯恩主席了。

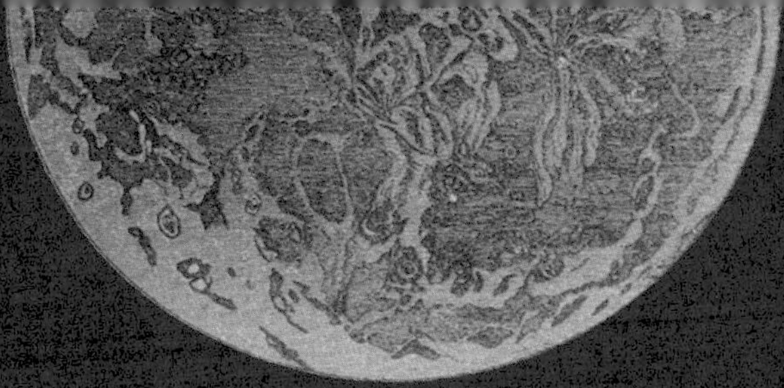

第19章
大会

翌日，太阳不顾公众的焦急心情，迟迟地才升了起来。本该为这样的一个盛会增光添彩的太阳，却让人觉得它懒洋洋的，无精打采。巴比凯恩担心有人会提出一些让米歇尔·阿尔当难以作答的问题，因此想把到场的人限制在很少的一部分专家中，比如说他的同事们。但是，这如同想筑上一道大堤坝以挡住尼亚加拉大瀑布一样困难。最后，他不得不放弃他的这一想法，让他的这位新朋友在一场公开演讲会上碰碰运气了。坦帕城新建的交易所大厅尽管非常宽敞，但还是被认为不足以容纳下这一盛典的参加者，因为设想的这个大会相当于一次大规模的群众集会。

最后，会场选的是城外一处宽阔的原野。只几个钟头，原野上的阳光便被遮挡住了。港口停泊的船只上，船帆、索具、吊杆以及桅桁应有尽有，足以建起一个巨型帐篷。不一会儿，被烈日晒得灼人的原野上，一个巨大的“天篷”立了起来，遮挡住了白日里那火热的阳光。有三十万人待在帐篷里，不顾闷热难耐，一连好几个小时在等待着那个法国人的大驾光临。在这如云的与会者中，前面三分之一的人可以看见发言者和听见发言；中间三分之一的人勉强能够看见，但却听不见；

而最后那三分之一的人则什么也看不见，更听不见，但他们同样在热烈鼓掌。

下午三点，米歇尔·阿尔当在枪炮俱乐部的主要成员的陪同下，步入会场。巴比凯恩挽着他的右臂，J.–T. 马斯顿挽着他的左臂，他显得神采奕奕，比正午的太阳还要光彩夺目。阿尔当登上讲台，眼睛向台下扫视了一番，只见黑压压一片帽子的海洋。他看上去毫不紧张，毫不装模作样，他像是在自己的家中一样，高高兴兴，无拘无束，和蔼可亲。面对听众们的热情欢呼，他优雅自然地回礼答谢。然后，他挥了挥手，让大家安静下来，开始用英语发言，十分得体地侃侃而谈。

“先生们，”他说道，“尽管天气炎热，我仍然想占用你们的一点宝贵时间跟你们说说你们似乎感兴趣的一些计划。我既不是演说家，也不是科学家，我根本也未曾打算要在公开场合说上一番。但是，我的朋友巴比凯恩跟我说，我来说一说你们会很高兴的，所以我就来了。因此，请你们用你们那六十万只耳朵听我说吧，如果有什么说错了的地方，请予以谅解。”

这个坦率的开场白让听众赞赏不已，大家在底下窃窃私语，表示称赞。

“先生们，”他继续说道，“大家可以畅所欲言，赞成或反对的意见都是允许的。大家同意的话，我就开始讲了。首先，请你们不要忘记，站在你们面前的是一个无知的人，不过，他的无知却让他无视任何困难。他觉得，置身炮弹之中，飞向月球，是一件简单、自然、容易的事。月球旅行是迟早都将进行的事，至于应采用的交通方式，那就只能根据科学的进步和规律来决定了。人类起先是用四条腿爬行的，后来，有一天，就用两只脚直立行走了，再后来，就坐二轮运货车，然后便是大型旅行马车，接着是简陋的公共马车，接下来又是驿车、火车。好！我要告诉大家，炮弹就是我们未来的交通工具，其实，所有的行星也只不过是一些炮弹，一些由造物主亲手抛掷的圆形普通炮弹而已。不过，我们还是回到我们的‘炮弹车’吧。先生们，你们中的有些人，可能以为赋予‘炮弹车’的速度太高了，其实并非如此，所有的星球的运行速度都超过了它，而地球在围绕太阳运转的过程当中，其速度比它自转时要快三倍。请容许我举几个例子来说明一下。不过，我要请大家允许我用法里作为计算单位，因为我不太熟悉美国的度量单位，我怕被绕糊涂了。”

他的这一请求并不过分，大家自然是同意的。因此，演讲者接着说了下去：

“先生们，我先说说各种行星的速度吧。我不得不承认，我虽然很无知，但我对天文学的细枝末节还是知之甚详的。不过，过两分钟，你们大家也会同我一样成为专家了。请记住，海王星的运行速度为每小时五千法里，天王星是七千法里，土星是八千八百五十八法里，木星是一万一千六百七十五法里，火星是两万二千零十一法里，地球是两万七千五百法里，金星是三万二千一百九十法里，水星是五万二千五百二十法里，而某些彗星在近日点时的运行速度高达每小时一百四十万法里！至于我们这些名副其实的闲逛者，不急不忙的人，我们乘坐的交通工具的速度都超不过九千九百法里，而且这个速度还变得越来越小！我倒想请问诸位，我们有什么可以沾沾自喜的呀？不久的将来，它难道不会被其他一些更大速度的星体所超越吗？而那些更大速度的星体的电和光极有可能是其速度的原动力的。”

似乎没有任何人对米歇尔·阿尔当的这个论断表示怀疑。

“亲爱的听众们，”他接着又说道，“按照某些目光短浅的人——这个形容词非常适合他们——的看法，人类将可能被囿于一个波皮利尤

演讲大会

斯圈[1]里了，永远也别想钻出来，只能永远待在其中，无法飞进行星密布的太空之中！幸而事实并非如此！我们即将飞往月球，还将飞向其他行星，飞向恒星，如同我们今天从利物浦到纽约一样，方便、快速、安全；而且，大气层的海洋如同月球的海洋一样，很快就将被我们穿越！距离只是一个相对性的词语，最终将归之于零。”

全场的人虽然对这位法国英雄十分崇敬，激动万分，但是，对他的这个大胆的理论却不禁感到有点惊愕。米歇尔·阿尔当似乎明白了听众们的表情。

“你们好像并不信服，是吧，正直的来宾们？”他又笑容可掬地接着说道，“好吧！我们来推算一下。你们知道一列快速列车到达月球需要多长时间吗？三百天。不会超过三百天的。那么，一段八万六千四百一十法里的距离，又是个什么概念呢？它甚至都不到绕地球转九圈的长度，而任何一名水手或旅行者一生中所行过的路无不超过这一距离。所以，请诸位想一想，我飞往月球只不过需要九十七小时而已！啊！你们总是以为月球离地球非常遥远，非得考虑再三之后才能去冒这个险！可是，如果是去海王星，而它又是在十一亿四千七百万法里外围绕太阳转的，那你们又怎么想呀？就算一公里得花五个苏[2]，那也不得了，谁能有这个经济实力呀！即使是有十亿财产的罗特希尔德男爵也买不起一张这样的票，即使去的话，也只能飞到半路上便停止了！”

对这种推论方式与会者们似乎很满意；可米歇尔·阿尔当则一脑门儿自己的计划，仍然在继续往下推理着。米歇尔·阿尔当感觉到大家在

---

[1] 波皮利尤斯圈，即波皮利圈子。波皮利是古罗马执政官，曾在叙利亚国王座位周围画了一个圈子，声称其不可走出圈子半步。后世用来比喻因受某种约束而不能逾越的范围。

[2] 苏，法国旧时的辅币名，相当于二十分之一法郎，即五生丁。

渴望他讲下去，因此，他便信心百倍地接着说道：

“喏！朋友们，如果拿海王星到太阳的距离与它同其他恒星的距离相比较，那么，它到太阳的距离简直不值一提了。的确，要计算它到其他恒星的距离的话，那计算起来一定会让人眼花缭乱，其中最小的数字也高达九位数，而且是以十亿为单位。请诸位原谅我这么不厌其烦地阐释这个问题，它确确实实很有趣，令人心动。请大家听我说，然后做出判断吧！人马座 α 星距离地球八万亿法里，织女星距离地球五十万亿法里，天狼星距离地球也是五十万亿法里，大角星距离地球五十二万亿法里，北极星距离地球一百一十七万亿法里，御夫座 α 星距离地球一百七十万亿法里，而其他的那些恒星离地球远达成百万成千万成亿万法里！可我们还想谈论什么恒星与太阳之间的距离！说什么这个距离是存在的！错！大错特错！纯属谬论！你们知道我对这个以光芒四射的星球为起始的而又以海王星为结束的太阳系的看法吗？你们想不想知道我的理论呀？这个理论非常简单！在我看来，太阳系是一个均质的固体；组成它的那些行星拥挤在一起，互相贴近，彼此挨着，它们之间的距离小而又小，如同银或铁，金或铂这样一些密度最大的金属分子间的间隙那么小！因此，我有理由认定并且以将使你们大家心服口服的一种信心再次强调指出：‘距离是一个空泛的词汇，它根本就不存在！’”

“说得好！太棒了！万岁！”被演讲者的有力的手势、慷慨激昂的声音及其大胆的想法电击了似的，全场观众齐声欢呼起来。

“对！”J.–T. 马斯顿比其他任何人的嗓门儿更大地叫喊道，“距离并不存在！”

可是，他由于动作太大，身体失去平衡，难以控制，差一点儿便从台上摔到地上去了。不过，他还是站稳了，总算没有摔下去，否则将会向他证明距离可能不是一个空泛的词汇。抓住了听众的演讲者随即又说了下去：

“朋友们，我想这个问题现在已经解决了。如果说我尚未将你们所有的人全部说服的话，那是因为我在阐释的过程中缺乏自信，论据不足，必须指出，这是我理论研究不够所造成的后果。不管怎样，我还是要再次告诉你们，地球到其卫星的距离真的是微不足道的，无须一个严肃之人去对它费心劳神。如果我告诉大家我们很快便将建造一列炮弹列车，舒舒服服地坐上去飞向月球的话，那绝不是我在异想天开，满嘴胡言。这趟列车不会发生碰撞，不会出轨，不存在鞍马劳顿，它将飞快地直达目的地，用你们的猎人的话来说，‘蜜蜂似的直飞’。不出二十年，地球上有一半的人将访问月球！”

“万岁！米歇尔·阿尔当万岁！”与会者们，包括其中半数的并非信心十足的人，全都呼喊起来。

“巴比凯恩万岁！”演说者谦逊地喊道。

他的这句对试验发起者的感激话语博得众人一片掌声。

“现在，朋友们，”米歇尔·阿尔当接着说道，“如果你们有什么问题要问我的话，你们显然会让一个我这样的可怜人尴尬难堪的，但是，我将尽我所能地回答你们。”

直到这时为止，枪炮俱乐部主席对讨论的情况都十分满意。讨论涉及那些思辨性理论，而米歇尔·阿尔当凭借自己那活跃的想象力，表现得十分出色。因此，必须阻止他扯到实际问题上去，那肯定不是他的强项。因此，巴比凯恩连忙抢过话头，问他的这位新朋友是否认为月球或行星上有人居住。

“你这可是问了我一个很大的问题呀，我尊敬的主席，”演讲者笑吟吟地说道，“不过，如果我没弄错的话，一些才智过人的人，比如普鲁塔克、斯威登伯格、贝纳丹·德·圣比埃尔和其他许多人，都认为是有的。如果从自然哲学的观点去看待这个问题的话，我趋向于赞同他们的看法。我会认为但凡这个世界上所存在的，就没有什么是无用的。不过，巴比凯恩朋友，如果通过另一个问题来回答你的问题的话，我将证明，如果所有星体都是可以居住的话，那么，它们现在就住着人，或者曾经住过人，或者将来会住着人。”

“说得好！”前几排的听众大声叫嚷道，而他们的观点对后面的听众非常有影响。

“这个回答太符合逻辑了，太正确了，”枪炮俱乐部主席回应道，“所以现在的问题应归结为：所有的星球是否都适合居住？以我个人来看，我认为是的。”

“我也对这一点深信不疑。”米歇尔·阿尔当回答道。

“但是，”听众中有一位反驳道，“有一些证据表明其他星球上是不可以居住的。很显然，大部分的生命起源理论都必须改动了。因此，光就行星而言，由于距离太阳的远近的不同，有些行星上的人就会被烧死而另一些行星上的人则会被冻死。”

“很遗憾，”米歇尔·阿尔当回答道，“我本人并不认识这位尊敬的反对者，否则我将尽量地回答他。他的意见有其意义，不过，我认为我可以成功地驳倒它，而且所有有关天体不具备可居住性的观点也都是可以驳倒的。如果我是物理学家的话，我就会说，假如紧邻太阳的行星运行中产生的卡路里少的话，那么，相反，远离太阳的行星在运行中所产生的卡路里就多，这种简单的现象就足以平衡热量，使得这些天体的温度变得能够适合像我们这样的有机生物所能承受的。如果我是博物学家的话，我就会跟随在一些杰出的科学家之后告诉他，在地球上，大自然向我们提供了一些生活在不同环境中的动物的实例；告诉他鱼类可以在其他动物会窒息而死的条件下呼吸；两栖动物有着难以解释的双重的生存方式；海洋里的某些生物能够生活在很深的海底，而不会被五六十个大气压压碎；各种各样的水生生物对温度并不敏感，既能在沸腾的热泉里生活又能在北冰洋的冰原下生活。另外，必须承认，大自然存在着多种多样的生存方式，它们往往很难为我们所理解，但却是真实地存在着的，甚至可以达到包容一切的程度。如果我是化学家，我就会告诉他说，陨石这种显然是在地球外形成的物体，通过分析研究，可以看到一些无可争辩的碳的痕迹；而这种物质只能是来源于有机生物，而且，根据赖兴巴赫的试验来看，它一定是'动物质化了的'物质。而如果我是神学家的话，我就会告诉他说，根据圣保罗的看法，神的救赎似乎不仅施于地球，也施于所有的宇宙天体。不过，我既不是神学家、化学家，也不是博物学家、物理学家，因此，我对于支配着宇宙的那些伟大的规律毫无所知。所以我只能回答说：我不知道这些天体上面是否住着人，但是，正因为我不知道，我就更要去那上面看一看！"

反对米歇尔·阿尔当理论的那位是不是又提出了一些反对意见？这一点无法说清，因为人群在疯狂地喊叫，什么意见也听不清了。直到离讲台最远处的听众们也安静下来之后，得意扬扬的演讲者才又补充了几句：

"正直的美国人，你们很清楚，我只是很肤浅地涉及这么一个大问题；我到这儿来并不是要给你们上一堂大课，并不是要为这个广泛的问题做辩护。尚有很多很多的论据表明天体里是有人居住的。我暂且不谈这个问题。我只是请大家允许我坚持一点：对于那些坚持认为行星上无人居住的人，必须回答他们说：'你们可能说得有道理，如果你们能证明地球是最佳星体的话，但是无论伏尔泰对此有何见解，却都并非如此。地球只有一个卫星，而木星、天王星、土星、海王星却有好几个卫星围绕着它们，这个优势是绝不可小觑的。不过，最影响我们的地球，使其变得不适于居住的是，它的地轴与轨道间有一个倾斜度。因此造成白昼和黑夜不一样长，季节的恼人变化也因此而产生。在我们这个不幸的星球上，不是太热就是太冷；冬天冻死人，夏天热死人；这是一个感冒、鼻炎和胸部炎症多发的星球。而比如说木星就不然，它的倾斜度很小[1]，它的居民们就可以享受四季如一的恒温，木星上也有春天地区、夏天地区、秋天地区和冬天地区；每一位木星人都可以选择他所喜欢的气候，一生一世都不必忍受气候变化之苦。你们毫无疑问地会承认木星胜过我们地球的这一优势，更何况木星的一年相当于我们地球的十年！还有，我认为十分明显，在这些有利因素和极佳的生存条件之下，这个幸运星球上的居民们是一些高级生物，他们的学者比我们的学者更加杰出，他们的艺术家比我们的艺术家更加优秀，木星上的坏人并没有我们地球上的坏人那么坏，他们的好人比我们的好人要更好。唉！我们的星球还需要补充些什么才能达到这么完美的程度？就差这么一点点儿！只要地球自转轴心与其轨道的倾斜度不那么大就行了。’”

“那好！”一个洪亮的声音喊道，“那我们就团结我们的力量，发明一些机器，把地球轴心矫正一些！”

这一建议引起了雷鸣般的掌声，而提此建议者并非别人，只能是J.–T. 马斯顿。这位激情满怀的秘书很可能是为自己那工程师的本能所激越，才提出这一大胆的建议的。但是，必须指出——因为这是事实——许多人只是用他们的喊叫声在支持这一建议，如果他们知道阿基米德所寻找的支点之所在的话，这些美国人想必就会建造一根能够撬起地球的杠杆，把地球的轴心撬直了。但是，那个支点，那些鲁莽的机械师还没

[1] 木星的轴心与轨道之间的倾斜度只有 3° 5′ 。——原注

有找到。

不过，这个“极其实际的”想法造成了极大的影响；讨论因此而中断了足足有一刻钟，而且在很长很长的一段时间里，在美利坚合众国内，人们仍在谈论着枪炮俱乐部的常任秘书提出的这个极具胆识的建议。

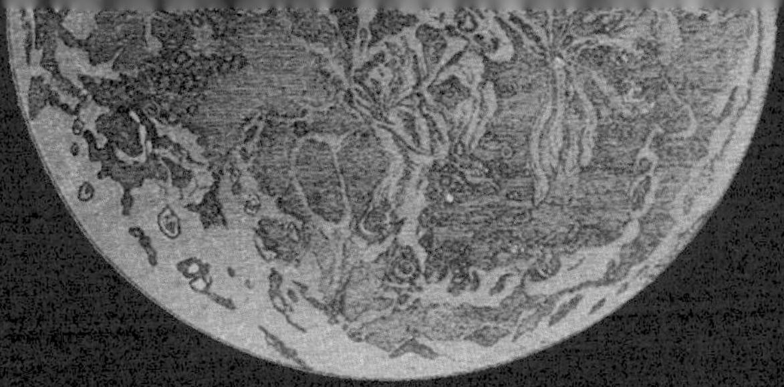

第20章

攻击与反击

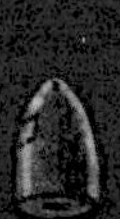

这一个小插曲似乎该让这个讨论结束了。这是个“闭幕语”，恐怕很难找到更加合适的词了。可是，当大家激动的情绪平息下来之后，只听见有一个严肃而洪亮的声音说道：

“现在，演说家已经长篇大论地介绍了他的幻想，他是否能回到他的主题上来，少谈点理论，多讨论他的月球之行的实际部分呢？”

众人的目光一下子转向了这么说话的那个人。此人干瘪瘦削，面部坚毅，下巴上蓄着一丛美国式的胡须。由于会场上出现过几次骚动，他得以逐渐地挤到第一排来了。他站在那儿，双臂搂抱着，目光炯炯，犀利严肃，死死地凝视着大会的主角。他提完问题之后，便沉默不语，对集中到他身上来的数千道目光以及被他的话激起的不满的嘟哝声似乎无动于衷。由于没有听到演讲者的回答，他又重复了一遍自己所提的问题，语气仍同样地清晰而明确，然后，他又补充道：

“我们来这儿关心的是月球而不是地球。”

“您说得对，先生，”米歇尔·阿尔当回答道，“讨论是离了题了。我们还是回到月球的问题上来吧。”

“先生，”那个陌生人又说道，“您声称我们的卫星上有人居住，那好！但是，如果有月球人存在的话，那些人肯定是不用呼吸便能生存的人，因为——我提醒您注意——月球表面连一个空气分子都没有。”

阿尔当闻听此言，不禁连狮鬣都竖了起来，他意识到来者不善，与他必有一争。他也定睛注视着此人，说道：

“啊！月球上没有空气！请问，这是谁下的结论？”

“科学家们。”

“是吗？”

“就是。”

“先生，”米歇尔·阿尔当又说道，“我并非说假话，我真的是深深地敬重有真才实学的科学家的，不过，我对那些无知的科学家是鄙夷不屑的。”

“您了解一些属于后一种的科学家吗？”

“特别了解。在法国，有这么一位科学家声称，鸟儿‘肯定’不会飞，而另有一位的理论指出鱼其实在水里是活不了的。”

“先生，我说的不是这种人，而我可以举出几个您无法反对的名字，以证实我的说法是正确的。”

“先生，您这可是让我这么个可怜的无知者大为尴尬了，不过，我倒是觉得能够得到您的指教，那真的是求之不得了。”

“您既然没有研究过科学问题，那您为什么要讨论它们呢？”陌生人粗暴地诘问道。

“为什么！”阿尔当回答道，“因为我始终是个勇敢者，不畏任何艰难险阻！我是一无所知，但正是我的这一弱点给予了我力量。”

“您的弱点发展到了疯狂的程度！”陌生人气呼呼地大声说道。

“呃！好极了。”法国人反驳道，“如果我的疯狂能把我带到月球上去的话，那可再好不过了！”

巴比凯恩及其同事们，眼睛死死地盯着这个如此大胆地跑来对试验作梗的不速之客。谁也不认识他，而巴比凯恩主席对这么激烈的论争的后果十分担心，因此，他不免忧心忡忡地看着自己的那位新朋友。与会者们全都全神贯注而且真的非常焦虑不安，因为这场论战的后果有可能把全场人的注意力引到月球旅行的危险性上来，或者引到这一试验的不可能性上来。

“先生，”米歇尔·阿尔当的对手又说道，“道理很多很多，而且无可争议，它们证明了月球周围没有一点空气。我甚至可以凭借先验的经验说，就算这种空气曾经存在过，但也该被地球吸光了。不过，我仍然更想用无可辩驳的事实来驳斥您。”

“您就驳斥好了，先生。”米歇尔·阿尔当彬彬有礼地回答道，“您想怎么驳斥就怎么驳斥吧！”

“您知道，”陌生人说道，“当光线穿过一个像空气这样的介质的时候，它们就会偏离直线，或者换句话说，它们发生了折射。好！当星星被月亮遮挡住了的时候，它们的光线在擦过月亮边缘的同时，却毫无偏离，也无丝毫折射现象。因此，可以得出明显的结论：月球并未被大气包围。”

大家都在看着法国人，因为一旦这一观点被接受，那么其后果就非常严重。

“没错儿，”米歇尔·阿尔当回答道，“这也许并非您唯一的论据，但至少是您最有力的论据了，也许一个科学家对此难以作答，但是，我嘛，我只想告诉您，您的这一论据并不是绝对的，因为它是以假设月球的视角直径完全确定为前提的，但实际情况并非如此。不过，我们暂且不谈这个问题，我只想请您告诉我，亲爱的先生，您是否承认月球表面有火山存在？”

“是的，是一些死火山，但活火山却没有。”

“不过，这也就是说，按照逻辑推论，这些死火山在某一段时期内曾经是很活跃的！”

“这是肯定的，但是，由于火山本身可以自供其燃烧所需的氧气，因此，它们的爆发根本就不能证明月球上有大气存在。”

“那好，先别讨论这一问题，”米歇尔·阿尔当回答道，“我们还是说说直接的看法吧。不过，我得提醒您，我将先提几个人的名字。”

“您请讲。”

“那我就讲了。一七一五年，卢维尔和哈雷两位天文学家，在观测五月三日的月食时，发现有某些十分怪异的雷电。他们认为，那些转瞬即逝的并往往会重复出现的闪光是月球大气层里所产生的暴风雨所导致的。”

“一七一五年，”那陌生人反驳道，“天文学家卢维尔和哈雷是把纯属地球的现象误以为是月球现象了，比如产生于地球大气层里的火流星或其他一些现象。科学家们当时对他们的这种发现就是这么回答的，我今天的回答也同他们的一样。”

“这个问题咱们也先搁在一边，”阿尔当并未被对方问倒，镇定地回答道，“一七八七年，赫歇尔不是观测到月球表面有大量的光点吗？”

“是呀，不过，赫歇尔并未阐释这些光点的来源，他本人并没有下结论说它们的出现是因为月球有大气层的缘故。”

“说得好，”米歇尔·阿尔当称赞其对手道，“看得出您对月球很有研究。”

“是很有研究，先生。不过，我要补充一句，对月球这个黑夜星球最细心的观测者和最有研究的人——比尔先生和默雷德先生都认为月球表面绝对没有空气。”

人群中出现了一阵骚动，他们似乎为这个怪异人物的论据所激动。

“这个问题也先搁在一边吧，”米歇尔·阿尔当从容而冷静地回答道，“咱们现在先来谈谈一个重要事实。一位名叫洛斯达的法国杰出的天文学家，在观测一八六〇年七月十八日的日食时发现，呈月牙形的太阳的两边的角呈圆形，尖角被切去。而这一现象的出现，只能是太阳光穿过月球大气层时发生折射而产生的，不可能有其他的解释。”

“但这件事确实吗？”陌生人急切地问道。

“确实无误！”

人群又一次出现骚动，不过，这次的骚动是在为他们大家所爱戴的英雄而激动，而其对手此刻却一言不发。阿尔当并未因一时的胜利而忘乎所以，他只是说道：“您很清楚，亲爱的先生，话不能说得太绝对，不能硬说月球表面不存在大气层；这个大气层可能并不很厚，空气很稀薄，但是，今天，科学界一般还是承认它的存在的。”

“您也别不高兴，我还是要说，起码高山上没有空气。”陌生人仍固执己见地反驳道。

“对，不过在山谷深处有，而且不超过几百英尺的厚度。”

“不管怎么说，您得小心谨慎，因为那儿的空气极其稀薄。”

“噢！正直的先生，反正足够一个人呼吸的了；再说，一旦到了那上面，我会尽量节省空气的，只有在盛大的场面上我才会呼吸的！”

此言一出，引起听众们的一阵哄笑，敲击着神秘的陌生人的耳鼓，但他仍趾高气扬地环视会场，表情鄙夷不屑。

“因此，”米歇尔·阿尔当神情轻松地接着说道，“既然我们都认为那儿是有一定量的空气存在着，那我们就不得不承认那儿也有一定数量的水存在着。我对这么一个结论极为兴奋。不过，我可爱的反对者，请允许我再向您指出一点。我们只了解月球的一面，如果它面向我们的那一面只有极少量的空气的话，那背对我们的那一面就可能有大量的空气。”

“那为什么呀？”

“因为月球在地球引力之下，呈鸡蛋形，我们只能从它那小的一头看到它。因此，汉森的测算得出了如此的结果：月球的重心位于它的另一半。所以我们可以得出结论：自月球形成的初期，所有的空气和水都被吸引到它的另一面去了。”

“无稽之谈！”陌生人叫嚷道。

“非也！这纯粹是建立在力学定律基础上的理论，我觉得这是很难推翻的。因此，我请求本次大会对在地球上生存的生物能否在月球上生存的问题进行表决。”

三十万听众一起鼓掌欢迎这一提议。米歇尔·阿尔当的那位反对者仍想说点什么，但是大家根本不可能听得见，因为喊叫声、威胁声像冰雹似的一阵阵地向他袭来。

“够了！够了！”有些人在喊叫。

“把这个私自闯入者驱逐掉！”另有一些人呼叫道。

“滚出去！滚出去！”愤怒的群众齐声高喊。

可是，陌生人岿然不动地站在台上，神色坚定、顽强，任凭雷鸣般的叫骂声此起彼伏。幸亏米歇尔·阿尔当连忙挥手制止，否则这场暴风雨将越来越猛。他非常讲究骑士风度，不想丢下他的反对者不管。

“您还想说几句吗？”他语气十分亲切地问他的反对者。

“是的，还要说一百句，一千句，”陌生人怒气冲冲地回答道，“或者干脆只说一句吧！您要是坚持您的试验的话，您就必须准备好……”

“信口雌黄！您怎么可以这样对待我？我只是向我的朋友巴比凯恩提议制造一种圆锥形炮弹，以便一路之上不会像笼子里的松鼠似的打转了。”

“但是，可怜的人呀，发射时的强大的后坐力会把您击得粉碎的！”

“我亲爱的反对者，您这才是点到真正的又是唯一的难题了。不过，我对美国人的创造才能非常有好感，所以我相信他们一定会解决这一难题的！”

“可是，炮弹穿过大气层时，由于高速而产生的高温怎么办？”

“噢！炮弹壁很厚，而且穿越大气层又只是瞬间的事！”

“那么食物呢？水呢？”

“我算过了，我可以带上一年所需的水和食物，而我飞向月球只需四天工夫！”

“沿途所要呼吸的空气呢？”

“我会用化学方法解决的。”

“那您若真的到达月球的话，如何降落呢？”

“那要比在地球上降落的速度缓慢六倍，因为在月球表面，重力是地球上的六分之一。”

“即便如此，那也会像摔玻璃器皿似的把您摔得粉碎的！”

“到时候，我难道不会使用装配合适的火药并及时点火的火箭来减缓下降速度吗？”

“好吧，就算您把这些难题全都解决了，把所有的障碍都清除了，让所有的好运全都集中到您的身上了，您可以安然无恙地到达月球上了，可是，您又怎么返回来呢？”

“我不返回来了！”

闻听这句简洁而豪迈的话语，全场的人顿时一言不发了。不过，此时无声胜有声，比激动万分的欢呼更具有说服力。陌生人趁机最后一次发表自己的反对意见。

"您肯定必死无疑，"陌生人大声说道，"而您的死只不过是一个疯子的死亡，对科学毫无意义！"

"说下去，好心的陌生朋友，因为您的预言方式真的很讨喜。"

"啊！您太过分了！"米歇尔·阿尔当的反对者大声嚷道，"我不明白为什么我还继续进行这么不严肃的讨论！您随心所欲地继续您的疯狂试验吧！应该谴责的倒并不是您！"

"噢！请尽管直说！"

"是的！应该对您的行动负责的另有其人！"

"请问那是谁呢？"米歇尔·阿尔当严厉地问道。

"是那个组织这个既荒谬又滑稽的试验的无知者。"

攻击是直言不讳的，自从陌生人介入以来，巴比凯恩在竭尽全力克制自己，拼命地压住直往上冒的怒火；但是，见自己被如此肆无忌惮地攻击，他腾的一下站了起来，冲着敢于放肆地向他挑战的对手径直走了过去，可是他突然发现自己被隔了开来。

原来搭建的讲台一下子被上百只强壮的胳膊举了起来，枪炮俱乐部主席和米歇尔·阿尔当分享了胜利的荣耀。讲台非常沉重，抬的人在不停地轮流替换，人人都争先恐后，互不相让，都想抬一抬，以表示自己的支持。

陌生人并未趁乱离开会场。再说，人群那么密集，他能出得去吗？肯定不能。总之，他仍然待在第一排，交叉着胳膊，眼睛死死地盯着巴比凯恩主席。

巴比凯恩主席的目光也一直在注视着他，二人四目相交，像利剑互击一般。

在胜利的巡游过程中，人群的欢呼声达到了顶点。米歇尔·阿尔当满面愉悦地接受着群众的热情欢呼。他容光焕发、精神抖擞，有几次，被众人抬着的讲台前后颠簸、左右摇摆，仿佛被浪涛折腾着的一条小船似的。但是，大会的这两位英雄却站得稳稳当当、岿然不动，于是，他们的这条“小船”便安然无恙地驶入坦帕城港。米歇尔·阿尔当最后幸运地躲过了他的那些热情洋溢的崇拜者的最后拥抱，逃进富兰克林旅馆，快步进到自己的房间，迅速躺到床上，而一支十万人的群众大军却苦苦地守候在他的窗下。

在这段时间里，那个神秘人物与枪炮俱乐部主席之间出现了一个短暂的、严肃的、决定性的场面。

终于得以解脱了的巴比凯恩径直走向他的对手。

“跟我来！”他命令对方道。

那人跟着他在码头上走着，不一会儿二人便单独来到朝向琼斯瀑布码头的入口处。

这两个彼此尚不认识的敌人在那儿相互对视着。

“您到底是谁？”巴比凯恩问道。

“尼科尔船长。”

“我就猜到是您。此前，您一直没有机会来挡我的道……”

“我已经到了您的这条道上！”

“您侮辱了我！”

“而且还是在大庭广众之下。”

“您得给我说清楚为什么要侮辱我。”

“我现在就说。”

“不。我希望一切都只在我俩之间私下里进行。离坦帕城三英里处有一片树林，名叫斯克思诺树林。您知道这地方吗？”

“知道。”

“明天清晨五点，您能否从树林的一边进去？”

“可以，如果您在同一时间从另一边进去的话。”

“您到时不会忘记带上您的来复枪吧？”巴比凯恩说。

“您不忘我也不会忘的。”尼科尔回答道。

枪炮俱乐部主席冷冰冰地说完这几句话之后，便同尼科尔船长各自离去了。巴比凯恩回到自己的住处，未顾上在约定时间到来前所剩下的几个小时休息一下，便熬夜研究避免炮弹后坐力的方法，以及解答米歇尔·阿尔当在大会上提出的这个难题的方法。

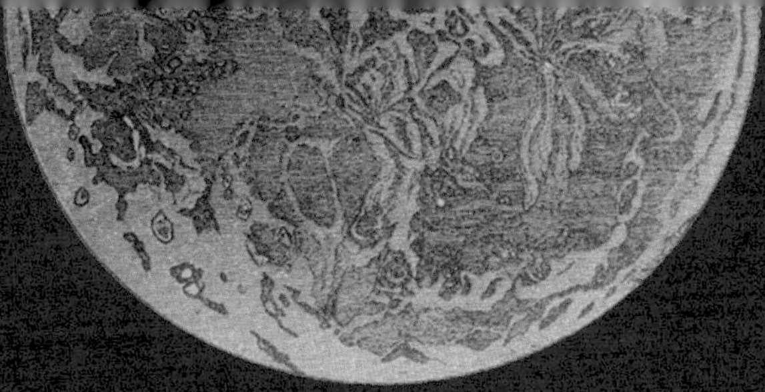

第21章

一个法国人是如何摆平一件事的

当枪炮俱乐部主席巴比凯恩与尼科尔船长在讨论决斗事宜——这是一场可怕的野兽的决斗，双方都想置对手于死地——的时候，米歇尔·阿尔当却在休息，以消除胜利所造成的疲劳。但很显然，“休息”一词用得很不恰当，因为美国人的床铺硬得可以同大理石桌或花岗岩桌相媲美了。

因此，阿尔当睡得很不踏实，他裹着毛巾被，在床上辗转反侧，难以入眠，他在考虑如何才能在炮弹里放置一张软和舒适的床垫。正在这时，一阵嘈杂声让他从睡梦中惊醒。他的房门被敲得叮咚乱响，仿佛被铁锤锤击一般。还有一些大吼大叫声夹杂在这有点过早的嘈杂声中。

“开门！”有人在喊，“天哪，快开门哪！”

阿尔当完全可以对这种粗暴的要求置之不理，但是，他还是起身打算去开门。这时，房门被顽固的来访者们撞开了，枪炮俱乐部秘书冲进房来，简直就像是一颗炮弹肆无忌惮地射进了房间。

“昨天晚上，”J.-T. 马斯顿冲进来嚷嚷道，“我们主席在大会上被公开侮辱了！他向他的对手下了战书，那家伙并非别人，就是尼科尔船长！他俩今晨要去斯克思诺树林一决雌雄！这一切都是巴比凯恩亲口对我说的！如果他被杀了，那我们的计划就全都泡汤了！所以必须阻止这场决斗！但要想阻止它，世上只有一个人有能力阻止巴比凯恩，而这个人就是您米歇尔·阿尔当！”

J.-T. 马斯顿在这么说时，米歇尔·阿尔当并不想打断他，他只是急匆匆地套上他那条肥大的裤子，不到两分钟工夫，便同来者一起拼命地向坦帕城郊跑去。

马斯顿边奔跑边将情况告诉了阿尔当。阿尔当这才知道巴比凯恩和尼科尔之间仇恨的真正原因，知道二人的积怨由来已久，而且，多亏了双方共同的朋友们的帮助，二人在这之前才从未碰到一起。马斯顿还告诉阿尔当说，唯一的根子是一种钢板与炮弹之争，而大会上的那一幕只不过是尼科尔长期以来寻找的发泄积怨的一次机会罢了。

没有什么比这类美国式的一对一的决斗更可怕的了，因为决斗双方在树丛中相互寻觅，躲在荆棘丛中彼此窥视，在灌木丛中像野兽似的互相对射。在这种时刻，他们中每一个人大概都会羡慕大草原上印第安人那天生的超人本领、他们的机智敏捷、他们的聪明狡猾、他们对蛛丝马迹的细察，以及发现敌人的敏锐嗅觉。一个失误、一丝犹豫、走错一步都可能导致死亡。在这种决斗之中，美国佬往往会带上自己的狗，他们既是猎人又是猎物，数小时不停地追逐着。

“你们真是一群魔鬼！”听了同伴的绘声绘色的描述之后，米歇尔·阿尔当大声嚷道。

“我们就是这样的人，”J.-T. 马斯顿谦逊地说，“不过，我们还是跑快点吧。”

然而，尽管米歇尔·阿尔当和马斯顿二人飞奔过被露水打湿了的平原，越过稻田和小溪，专找近道走，他们还是无法在五点半之前赶到斯克思诺树林。巴比凯恩大概半个小时之前就已经进入树林里去了。

树林边有一位老樵夫正在忙着锯断他用斧头砍倒的一棵棵树木。马斯顿跑过去冲他喊道：

“您看没看见一个背着枪的人进到树林里去？他叫巴比凯恩……主席……我最好的朋友……”

枪炮俱乐部的这位可敬的秘书天真地认为全世界的人应该都认识他们的主席。但是，那樵夫好像没有明白他在说什么。

“一位猎人。”于是，阿尔当插了一句。

“一位猎人？有一个。”樵夫回答道。

“进去多久了？”

“大概有一小时了吧。”

“太迟了！”马斯顿叫嚷道。

“那您听见枪声了吗？”米歇尔·阿尔当问道。

“没有。”

“一声也没有？”

“一声也没有。那个猎人好像没什么收获！”

“怎么办呀？”马斯顿问。

“进树林里去，哪怕被一颗流弹击中。”

“啊！”马斯顿以明确无误的声音坚定地说道，“我宁愿被十颗子弹击中脑袋也不愿看到一颗子弹射中巴比凯恩的脑袋。”

“进树林吧！”阿尔当握紧其同伴的手说道。

几秒钟工夫，二人便消失在树丛中了。这个灌木林非常茂密，长满高大的柏树、假挪威槭（qì）树、鹅掌楸（qiū）、橄榄树、罗望子树、橡树和木兰树。这各种各样的树木枝叶交错，缠绕在一起，遮挡住视线，无法看到远处。米歇尔·阿尔当和马斯顿一前一后地紧跟着往前走，沉默着穿过深草丛，在粗壮的藤条中砍出一条道来，目光在荆棘丛中和浓密的枝叶中搜寻着，每走一步都担心会听到可怕的声响。至于巴比凯恩穿过树林时留下的足迹，他们根本就辨认不出来，他俩只是盲目地在那些模糊不清的小径上往前走着；只有印第安人才可能在这种路径上一步一步地追踪自己的敌人。

徒劳地寻找了一个小时之后，二人停了下来。他俩心中更加焦急不安了。

“人肯定是完了，”马斯顿沮气地说，“像巴比凯恩这样的人是不会同敌人耍花招的，既不会设陷阱，又不会使诡计！他太老实，太大胆了，他勇往直前，直冲危险奔去，那樵夫想必离得太远，所以才没有听见枪声！”

“可我们呢！我们呢！”米歇尔·阿尔当反驳道，“自我们进到树林里来之后，我们本该听见的呀！”

“可能我们来得太迟了！”马斯顿绝望地喊叫道。

米歇尔·阿尔当不知如何回答才好，他和马斯顿又继续不停地往前走着。他俩不时地呼唤着，他们一会儿叫巴比凯恩，一会儿叫尼科尔，但是那两个互相仇恨的对手都没有回应。一些愉快地飞翔着的鸟儿，被他们的叫喊声惊住了，钻进了树枝间，而几只受惊的黄鹿则慌忙逃进树丛中去了。

他们又继续寻找了有一个钟头。大部分的树林都被他们找遍了，就是不见两个决斗者的踪影。他们开始怀疑那个樵夫是不是没有说真话。阿尔当有点不耐烦了，不想继续进行这种长时间的无谓的寻找，但正在这时，突然间，马斯顿停下了脚步。

“嘘，”马斯顿嘘了一声说，“那边有人！”

“有人？”米歇尔·阿尔当回应道。

“是的！一个男人！他好像一动不动了。他手里也没有枪了。他在

干什么呢？”

“您认出他是谁了吗？”米歇尔·阿尔当眼睛近视，在这种情况之下，看不清楚谁是谁，便这么问道。

“认出来了！认出来了！他在翻身。”马斯顿回答道。

“他是……？”

“尼科尔船长！”

“尼科尔！”米歇尔·阿尔当的心立刻便揪了起来，大声嚷道。

尼科尔没了武器！他难道不用再害怕他的对手了？

“我们走到他面前去，”米歇尔·阿尔当说道，“看看究竟是怎么回事。”

他俩没走到五十步，便停了下来，更加小心谨慎地观察船长。他们原以为会发现一个嗜血如命、复仇心切的人！可是，仔细一看，二人怔住了。

两棵高大的鹅掌楸之间张着一个网眼很密的捕鸟网，网里有一只小鸟，翅膀被网眼缠住了，拼命地挣扎着，发出一声声凄惨的哀鸣。张这么异常复杂的网的不会是人，而是当地独特的一种毒蜘蛛，其脑袋大若鸽蛋，爪子又大又长。这种丑恶的动物在扑向它的猎物时，却偏偏转回身来，躲到鹅掌楸的高大枝丫中去了，因为一个可怕的敌人正在威胁着它的生命。

原来，尼科尔船长把枪放在了地上，忘了自己已经身处险境，只是专心一意地尽可能小心谨慎地去解救那只落在可怕的蛛网中的小鸟。他终于把小鸟从蛛网中摘了下来，把它放飞。小鸟快乐地扑扇着翅膀，飞走了。

尼科尔怜爱地望着小鸟穿过树枝。正在这时，他听见有人激动地喊着：

“您真是一个好人哪！”

尼科尔闻声，立刻转过头去。米歇尔·阿尔当站在他的面前，非常激动地又说了一句：

“您是一个可敬可爱的人！”

“米歇尔·阿尔当！”尼科尔船长欢叫道，“您怎么跑到这儿来了，先生？”

“我是来问候您的，尼科尔，并且要阻止您杀害巴比凯恩或者阻止您被他杀死。”

“巴比凯恩！”船长大声嚷道，“我都找了他有两个钟头了也没找到他！他藏到哪儿去了？”

“尼科尔，”米歇尔·阿尔当说，“您这么说可不太礼貌啊！应该始终尊重自己的对手；您放心好了，只要巴比凯恩还活着，我们就一定能找到他的，而且很容易地就能找到他，如果他不像您那么兴致勃勃地去解救受害的鸟儿的话，他大概也在找您呢。不过，等我们找到他的时候，我米歇尔·阿尔当可要告诉您，你们俩不许再决斗了。”

“我同巴比凯恩主席之间，”尼科尔严肃地回答道，“不共戴天，你死我活，互不相容……”

“得了吧！得了吧！”米歇尔·阿尔当又说道，“像你们这样的人，曾经互不相容，现在应该一笑泯恩仇。你们不要再争斗了。”

“我必须争斗，先生！”

“绝对不行。”

“船长，”J.-T. 马斯顿诚恳而贴心地说道，“我是主席的朋友，相交甚笃，不分彼此。如果您非要杀谁的话，那就冲我开枪吧，反正都是一回事。”

“先生，”尼科尔紧攥着枪，手在颤抖，“这种玩笑……”

“马斯顿朋友没在开玩笑，”米歇尔·阿尔当回答道，“我理解他宁愿替自己敬爱的人死的想法！不过，无论是他还是巴比凯恩都不会倒在尼科尔船长的枪下的，因为我对你们二位敌对者有一个很诱人的建议，你们一定会迫不及待地接受它的。”

“什么建议呀？”尼科尔显然不相信地问道。

“您先别急，”阿尔当回答道，“我得等巴比凯恩也在场时才能说。”

“那咱们就去找他吧！”船长大声说道。

三个人立即上路。船长把枪里的子弹退了膛之后，把枪背在肩上，二话没说便迈开大步向前走去。

又过了半个小时，搜寻仍毫无结果。马斯顿感到一种不祥的兆头。他神情凝重地看着尼科尔，心想尼科尔的报复是否已经得逞了，可怜的巴比凯恩是不是已经挨了一枪，鲜血淋漓地躺在灌木丛深处，早已气绝身亡了。米歇尔·阿尔当似乎也同他一样作如是想，二人已经一直在用目光盯着尼科尔船长了。突然间，马斯顿停下了脚步。

二十步开外，只见一个人背靠着一棵高大的美洲梓树，上半身一动不动，下半身隐没在深草丛中。

“是他！”马斯顿喊道。

巴比凯恩没有动弹。阿尔当目光紧盯着船长的眼睛，可尼科尔并无异常反应。阿尔当边喊边往前走了几步：

“巴比凯恩！巴比凯恩！”

没有什么回应。阿尔当向他的朋友奔过去，但是，正当他要去抓后者的胳膊时，他惊愕地大叫一声，戛然停住。

巴比凯恩手里拿着铅笔，在一个本子上列着一些公式，画着一些几何图形，而他的那支退了膛的枪却被扔在地上。

这位科学家早已把决斗和复仇忘到脑后，一门心思地在思考着自己的工作，什么也没看见，什么也没听见。

但是，当米歇尔·阿尔当用手去摸他的手时，他立刻抬起头来，用惊诧的目光看着对方。

“啊！”他终于大声嚷道，“原来是你呀！我找到了，我的朋友！我找到了！”

“找到什么了？”

“我的方法！”

“什么方法呀？”

“就是消除炮弹发射时的后坐力的方法呀！”

“真的呀？”米歇尔用眼角瞄了船长一眼。

“真的！用水！用普通的水，就能……就能起到弹性作用……啊！马斯顿！”巴比凯恩叫嚷道，“您也在呀！”

“是呀，他也在。”米歇尔·阿尔当回答道，“另外，请允许我也向你介绍一下尊敬的尼科尔船长！”

“尼科尔！”巴比凯恩腾地站起身来大声说道，“对不起，船长，我搞忘了……我现在准备好了……”

米歇尔·阿尔当没容这两个敌人彼此叫板，立即插言道：

“好啊！幸亏像你俩这样的正直的人刚才没有碰到一起！否则我们现在就得为你们中的一位哭泣了。多亏上帝进行了干预，现在用不着再担惊受怕了。如果人们能忘掉仇恨，专心研究力学问题或者制服蜘蛛，那么，这个仇恨对任何人都不危险了。”

于是，米歇尔·阿尔当便把船长战蜘蛛的故事讲给巴比凯恩主席听了。

“我倒是想问你们一下，”他最后说道，“像你们二位这样的好人难道生来就是为了用枪击碎彼此脑袋的吗？”

在这种有点滑稽可笑的情境之下，有着某种极其出乎意料的东西，以致巴比凯恩和尼科尔都不太知道该如何对待对方。这一点米歇尔·阿尔当明显地感受到了，因此他决定抓紧时机让二人握手言欢。

“正直的朋友们，”他嘴角浮现出甜美的微笑说道，“你们二位之间只不过是出现一点小小的误会而已，并没有别的什么事。喏！为了表明你们之间一切积怨全都消除了，而且你们也都是敢于冒生命危险的人，所以请坦率地接受我要向你们提出的建议吧。”

“您说吧。”尼科尔说道。

“巴比凯恩朋友认为他的炮弹将径直飞向月球。”

“正是，肯定如此。”巴比凯恩应答道。

“而尼科尔朋友则坚信它将掉在地球上。”

“我对此深信不疑。”船长大声说道。

“那好！”米歇尔·阿尔当接着说道，“我无意让你们二位看法一致，我只想对你们说，跟我一起飞往月球，去看看我们是否会停在半道上。”

“嗯！”J.–T. 马斯顿惊愕不已。

两位敌对者闻听这个突然的建议，不禁彼此看着对方。他俩观察着对方的反应。巴比凯恩在等待船长的回答，而尼科尔则等着巴比凯恩主席的回应。

“怎么样？”米歇尔用他那迷人的声音催问道，“反正也没有后坐力的问题！”

“同意！”巴比凯恩大声回答道。

巴比凯恩虽然回答得极快，但尼科尔也未落后半秒。

“好啊！太好了！万岁！哈！哈！哈！”米歇尔·阿尔当边大声欢呼边向两位对手伸出手去，“现在问题已经解决了，朋友们，请允许我以法国方式来招呼你们。咱们吃饭去吧。”

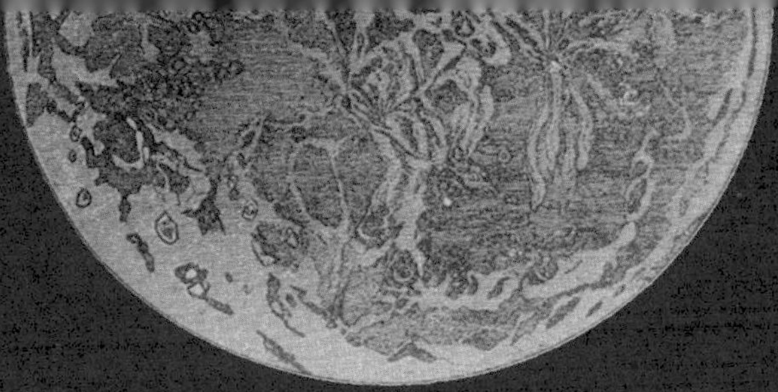

第22章

美国新公民

那一天，全美国都同时获知尼科尔船长和巴比凯恩主席之间发生的事情及其奇特的结局。那位满怀骑士精神的欧洲人在这场决斗中所起到的作用，他那使难题得以迎刃而解的出乎意料的建议，两个决斗者对他的建议的同时表示接受，法国与美国齐心协力地征服月球，凡此种种又更加让米歇尔·阿尔当深得人心。

大家知道，美国人对某个人的崇拜可以达到何种疯狂的程度。在一个正襟危坐的法官会为一个舞女驾辕，而且还扬扬自得的国家里，大家可以想象他们对待一个胆大无比的法国人的激情会是多么强烈！如果有人不替他的马卸鞍的话，那可能是因为他并没有骑马，但是他除此之外的种种热情全都表现出来了。没有一个公民不在一心一意地追随着他的！按美国箴言来说，就是“众望所归”。

自那一日起，米歇尔·阿尔当便得不到片刻的休息了。一批又一批来自合众国各地的代表团没完没了地缠着他。他只好硬着头皮接待他们。他不停地与人握手，不停地与人寒暄，他很快就累得要散架了；他的嗓子因说个不停而沙哑，竟然到了吐字不清，词语含混的程度。而且，他不得不与合众国各地代表团不停地干杯，因而几乎患上了肠胃炎。换了别人，肯定从第一天起就被胜利冲昏了头脑，但他却知道如何管住自己，使自己保持在一种半醉半醒的很精神很可爱的状态之中。

在缠着他的各色代表团中，有一个“受月亮影响者”[1]代表团，他们没有忘记自己对这位未来的月球征服者应该做的是什么。有一天，这些在美国人数不少的可怜人中的一些人前来找他，要求同他一起回到自己的故乡——月球上去。他们中的某些人甚至声称会讲“月球语”，并且愿意教米歇尔·阿尔当学习“月球语”。米歇尔·阿尔当好心地应付着他们那天真无邪的怪癖，并答应替他们向他们月球上的朋友们问好。

“真是怪病缠身！”他把他们打发走了之后对巴比凯恩说道，“这种病往往专门找上极其聪明的人。我们最卓越的科学家中的一位——阿拉戈，曾经一再对我说，许多潜心于月球研究的智力超群而谨慎的人常常为狂热所支配，变得难以置信的怪诞。你不相信月球对疾病的影响吧？”

“不太相信。”枪炮俱乐部主席回答道。

“我也不相信，不过，历史上记载过一些至少是很令人惊讶的事情。比如，一六九三年，在一次传染病猖獗之时，死人死得最多的是一月二十一日的一次月食的时候。大名鼎鼎的培根每到月食时便会昏厥，直到月亮的脸完全露出来时才会苏醒过来。国王查理六世在一三九九年的一年中，癫痫病发作了六次，每次都是在新月或满月的时候。有一些医生将癫痫病归入那些受月相影响的疾病之列。那些神经方面的疾病似乎常常是受到月球的影响的。米德谈到一个孩子，每当月亮进到背面时便会痉挛。伽尔早就发现，体质差的人每月要出现两次狂躁，总是在新月和满月的时候。总之，还有各种的眩晕、燥热、梦游等这类病例，都在证明月球对地球上的疾病有着一种神秘的影响。”

---

[1] 该词在古代的含义为“精神病患者”“癫痫患者”。

“那它是怎么影响的？为什么会影响呢？”巴比凯恩问道。

“为什么？”阿尔当回答道，“喏，我的回答同阿拉戈的完全一样，他曾在普鲁塔克之后一千九百年，反复重复普鲁塔克的那句话：‘也许这并非实有其事吧！’”

荣誉满身的米歇尔·阿尔当逃不过一个名人不得不应付的任何一个苦差事。成功的工厂主们想拿他当招牌。巴纳姆想向他提供一百万，要他跑遍美国的一座又一座城市，把他当作珍稀动物似的巡回展览。但是，米歇尔·阿尔当把他视作阿谀奉承之徒，把他赶走了。

然而，尽管他拒绝这样去满足公众的好奇心，但是，他的肖像还是全世界满天飞，并且在所有的相册里占据着荣耀的位置；人们把他的肖像翻拍成各种尺寸的照片，大的有真人那么大，小的则好像邮票一般。人人可能都拥有这位大英雄的各种姿势的照片，有头像、半身像、全身像、正面照、侧面照，或背影像。他的照片翻印了足足一百一十多万张，他本可以借机大捞一笔的，可是他却并未趁机大发其财。说实在的，他只要把自己的头发以一美元一根出售，他也有足够的头发致富的！

虽然如此，但他也并不讨厌人们对他的这种崇拜。恰恰相反，他开始顺应民意，与全世界进行沟通。人们在重复他的俏皮话，传播他的俏皮话，特别是那些他根本就没有讲过的俏皮话。大家习惯成自然地在说是他讲的那些俏皮话，因为他在讲俏皮话方面是个行家里手。

崇拜他的不单单是男人们，女人们亦然。要是他心血来潮想“成家立业”，那就会有无数的“美满姻缘”在等着他！尤其是那些苦等了四十来年不见美好婚姻的老姑娘，更是没日没夜地看着他的照片想入非非。

可以肯定，即使他定下必须跟他一起飞向太空这样的条件，也会有成百上千的女子愿意做他的妻子的。女人一旦什么都不在乎了，是非常

坚忍不拔的。但是，他可并没有到月球上去传宗接代的愿望，不想把法国和美国的混血儿留在那儿。所以，凡求婚者，他一概拒绝。

“去那上面扮演亚当，与夏娃的女儿成双配对，那可不行！”他说道，“我害怕碰上蛇！……”

当他总算摆脱了重复来重复去的庆功会的时候，他就在他的朋友们的陪伴之下，前去参观哥伦比亚德炮，这是他应该做的事情。另外，自从与巴比凯恩、J.–T. 马斯顿以及其他一些科学家相处在一起以来，他在弹道学方面更加精通了。他最大的乐趣就是一再地对这些正直的炮兵讲，他们只是一些可爱的博学的杀人者。他在这方面开起玩笑来永远没个完。参观哥伦比亚德炮的那一天，他对它赞不绝口，而且还一直下到很快就要射向月球的这门巨炮的底部。

“至少，”他说道，“这门大炮无害于任何人，对于一门大炮而言，这就够让人惊讶不已的了。至于你们的那些专事毁灭、破坏、杀人的大炮嘛，你们就不必跟我絮叨了，而且千万可别跑来跟我说什么它们也有‘灵魂’[1]，我可不相信你们的一派胡言！”

在此，必须回述一下 J.–T. 马斯顿的一个相关建议。当枪炮俱乐部秘书听见巴比凯恩和尼科尔接受了米歇尔 · 阿尔当的提议时，他便决定与他们合伙，来个“四人结伴游”。因此，有一天，他便提出了自己的要求。但是，巴比凯恩很为难地拒绝了他，告诉他说炮弹装不下这么多人。J.–T. 马斯顿非常沮丧，便跑去找米歇尔 · 阿尔当，阿尔当就劝他还是别去了，并且说出了几条很有说服力的理由。

“喏，亲爱的马斯顿，”他冲马斯顿说道，“你可千万别误解我的意思。不过，说实在的，咱俩说句掏心窝的话，你不是个完整的人了，到月球上去很不合适的！”

[1] 法语中的“灵魂”一词，也可指“炮筒”。前面的“炮筒”就是用的这同一个词，是双关语。

“不完整的人！”勇敢的残疾人大声嚷叫道。

“正是！我正直的朋友！你想一想，万一我们在那上面碰到月球居民的话，你希望给他们留下一个对我们地球非常糟糕的印象吗？让他们知道什么叫战争，告诉他们我们把最美好的时光用来互相厮杀，你吃我，我杀你，彼此被弄得缺胳膊少腿的？让他们知道这就是本可以养活上千亿人的地球，现如今只能养活十二亿人了？我看你还是算了吧，尊贵的朋友，否则你会让我们大家全都被赶出月球的！”

“可是，如果你们到达月球时被摔得粉身碎骨了，”J.–T. 马斯顿反诘道，“你们不也是同我一样不完整吗？”

“那当然啰，”米歇尔·阿尔当回答道，“但是，我们会安然无恙的，不会粉身碎骨的！”

的确，十月十八日进行了一次预射，结果十分理想，让人满怀着合情合理的希望。当时，巴比凯恩想要了解一下炮弹发射的后坐力有多大，便从彭萨科拉军工厂弄了一门三十二英寸的迫击炮。它被架设在希利斯波洛港湾的海岸边，好使炮弹落在海里，减少它落下时的撞击力。其目的只是试验一下炮弹发射时的震动，而不是测试它落下时的撞击力度。为了这个新奇的试验，便仔细地准备了一颗空心炮弹。在用最优质的钢材制成的弹簧网上包上了一层厚厚的护垫，使得炮壁受到双层保护。经过这么一弄，简直像是一个精心构建的鸟巢。

“无法坐进去真叫人好不伤心啊！”J.–T. 马斯顿因自己的身体问题无法上天而感慨地说道。

在这颗由螺钉拧紧盖子的可爱的炮弹里，先放进去一只大肥猫，然后又放进去一只属于枪炮俱乐部常任秘书的小松鼠。这只小松鼠是 J.–T. 马斯顿的最爱，但大家都想弄明白这个不怕眩晕的小家伙是怎样承受这场试验的。

迫击炮里装上了一百六十磅的火药，炮弹塞进了炮膛。点火了。

炮弹立即飞升，清晰地划了一条抛物线，上升到大约一千英尺的高度，然后又划出一个优美的弧线，落入波涛汹涌的海水中。

一只小船立即向着炮弹落下的地点飞快地划过去。几位本领高强的潜水员跳入水中，用缆绳拦腰捆住炮弹，极快地将它弄上了小船。从两只小动物被装进炮弹到把它们的“牢房”门打开还不到五分钟。

阿尔当、巴比凯恩、马斯顿、尼科尔都坐在小船上，他们怀着一种不难理解的心情认真观看了这场试验。炮弹门刚一打开，那只猫便立即蹿了出来，它只有一点轻微的擦伤，仍旧活蹦乱跳的，不像是经历了一场空中远行归来的样子。但是，小松鼠却没有看见。大家赶忙去找。但踪迹全无。不得不承认现实了：是猫把它的旅伴给吃了。

J.-T. 马斯顿失去了他那只可怜的小松鼠，不禁伤心落泪，决定把它记录在科学殉难者的名录之中。

不管怎么说，反正经过这次试验之后，所有的疑虑、担忧全都烟消云散了。再说，根据巴比凯恩的计划，炮弹还将进行改进、完善，将后坐力几乎全部消除。

两天之后，米歇尔·阿尔当收到美利坚合众国总统的一封短笺。获此殊荣，他非常激动。

美国政府参照他那有着骑士风度的同胞拉菲耶特侯爵的例子，授予他“美利坚合众国公民”的称号。

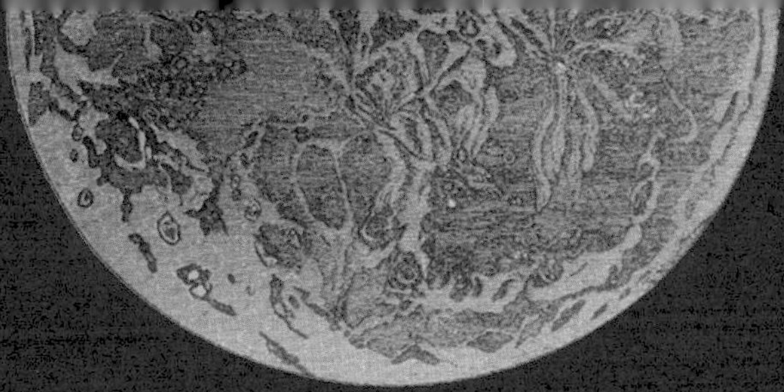

第23章
炮弹车厢

著名的哥伦比亚德炮完工之后，公众的注意力立即转向炮弹——那个准备把那三位大胆的冒险者送往空中的运输工具。大家都没有忘记，九月三十日，米歇尔·阿尔当在他的电报中一再要求对委员会成员决定的图样进行修改。

巴比凯恩主席当时不无道理地认为炮弹的形状并不太重要，因为用几秒钟的工夫穿过大气层之后，炮弹便在真空中飞行了。因此，委员会才采用了圆形炮弹，以便它可以随心所欲地自行旋转。但是，自被当作运输工具那一刻起，那就是另一回事了。米歇尔·阿尔当并不希望像松鼠那样地去旅行。他希望自己能够头朝上脚朝下，如同坐在热气球吊篮里那样颇有尊严地去旅行，当然，速度要更快些，但却不是一个劲儿地翻跟头，那太不对劲儿了。

因此，一些新的图纸被送到阿尔巴尼的布雷德维尔公司，并要求尽快地制造出来。经过如此这般地修改过的炮弹于十一月二日铸造完成，并立即通过东方铁路运抵石岗。十一月十日，炮弹完好无损地运到目的地。米歇尔·阿尔当、巴比凯恩和尼科尔焦急地等待着这节“炮弹车厢”的到来，他们将乘坐它飞去探索一个新大陆。

不得不承认，“炮弹车厢”真的是一个精美的金属制品，一个给美国人的创造天才带来无上荣光的金属物件。人们首次提炼出一定量的铝；这真的可以算是一个奇迹。这颗珍贵的炮弹在阳光的照射下，闪闪发亮。看到它头上戴着一顶圆锥形的帽子的神气模样，你会自然而然地把它视作中世纪的建筑师们把它安置在城堡边角上的似胡椒瓶状的塔楼。只不过它上面少了一些枪眼和风信标而已。

“我还以为从它里面会跑出来一位端着火炮、身披铁甲的武士呢。”米歇尔·阿尔当大声说道，“我们待在里面将会像是一些封建主，如果装上火炮的话，我们将可以抵御月球军队，如果月球上有军队的话！”

“这么说，你挺喜欢这个交通工具了？”巴比凯恩问他的朋友。

“是的！是的！当然喜欢啰！”米歇尔·阿尔当用艺术家的眼光仔细看着它回答道，“我只是觉得有点遗憾：它的形状没再修长一些，它的尖角没再优美一些。如果在它上面装上一个波浪形的金属丝做成的羽饰，比如一个喷火兽、一个阔嘴怪兽、一条拍打着翅膀张着血盆大口的火蛇什么的，那就更美了……”

“那有什么用呀？”讲求实际而不谙艺术美的巴比凯恩说道。

“有什么用？巴比凯恩朋友！唉！你既然这么问我，那我非常担心你是永远也理解不了这一点的！”

“那你就说说吧，正直的朋友。”

“好吧！依我看，我们在自己所制作的东西上总是得加上点艺术的，这样会更好一些的。你看过一个名叫《婴儿车》的印度剧吗？”

“没看过，连名字也没听到过。”巴比凯恩回答道。

“这我倒并不觉得惊讶，”米歇尔·阿尔当说，“那你就学习学习吧。在这部戏里，有一个小偷，在挖一幢房屋的墙时，心里在想，是挖一个竖琴状的洞、一朵鲜花般的洞还是鸟状的洞或古坛形的洞？喏，你告诉我，巴比凯恩朋友。如果你当时是陪审团的成员的话，你会判这个小偷的罪吗？”

“当然要判，”枪炮俱乐部主席毫不犹豫地回答道，“判他钻墙入室偷窃罪。”

“可我若是陪审团成员的话，我就会判他无罪释放，巴比凯恩朋友！这就是为什么你永远也不会理解我！”

“我甚至连尝试理解你都不会的，我勇敢的艺术家。”

“不过，”米歇尔·阿尔当又说道，“既然我们的‘炮弹车厢’的外形尚有缺憾，那大家至少应该允许我按我的意思，并用与‘地球使者’相匹配的一切豪华来装饰它的内部！”

“在这一点上，正直的米歇尔，”巴比凯恩回答道，“你可以随心所欲地去做，我们允许你随意行动。”

不过，在考虑美观之前，枪炮俱乐部主席首先想到的是实用，而且，他所设计的减少后坐力的装置全部被巧妙至极地安装上了。

巴比凯恩不无道理地心想，没有任何一种弹簧能够减小冲击力的，而且，当他在斯克思诺树林里做那次著名的散步的时候，他终于用极其巧妙的方法解决了这个大难题。他打算用水来完成这个既定任务。下面就是他所使用的方法。

炮弹里装满了三英尺深的水，水面上漂浮着一个绝不透水的圆盘状木板，它紧紧地贴着炮弹内壁漂动。乘客们就坐在这个真正的“木筏”上。至于炮弹内那大量的水，则被一些平放着的隔板隔开，炮弹发射时，这些隔板将被一块一块地相继冲击而破碎。每一层水，从最下面的一层到最上面的一层，都可通过一根根的水管冲向炮弹的上部，这样一来，它们就像是弹簧似的起到缓冲作用，而那个圆盘状木板本身也装有弹力极强的缓冲装置，只有在各层隔板被相继撞碎之后，才会撞上缓冲装置

的底部。无疑，大量的水全部冲出去之后，乘客们当然会感觉到一股强大的反冲力的，但是，最先的那股冲击力几乎完全被那弹力极强的缓冲装置消耗掉了。

当然，五十四平方英尺的水面下的深达三英尺的水，其重量将达约一万一千五百磅。不过，根据巴比凯恩的计算，哥伦比亚德炮里聚集的气体的膨胀足以抵御住这多出来的重量。再说，撞击能够在不到一秒钟的时间内便将这些水排出去，而炮弹就立即恢复到它正常的重量。

这就是枪炮俱乐部主席曾经所思所想的事情以及他所考虑的解决后坐力的那道难题的方法。另外，布雷德维尔公司的工程师们完全理解这项工作的原理，将其认真出色地完成了。水一旦被排到外面，乘客们可以很容易地清除掉被冲击碎的木板，并拆除发射时承载他们的那个活动的木圆盘。

至于炮弹上部的弹壁，则是由一层很厚的皮垫料包裹起来的，而且是安装在最好的钢材制成的螺旋芯上，像钟表上的发条一样柔软。排水管就装在这个包裹层里，一点也看不出来。

因此，所有想得到的防范最初的冲击力的措施都采取了，而且，按照米歇尔·阿尔当的说法，除非是“身体结构极差的人”，否则绝对不会撞得头破血流的。

这颗炮弹直径九英尺，高十二英尺。为了不超出所确定的重量，它的外壁稍许弄薄了一点，而内壁的厚度则增加了一些，因为内壁将承受低氮硝化木棉素燃烧时所产生的气体的冲击。其实，所有的炸弹和圆锥形榴弹炮弹，其内壁都是更厚一点的。

人需要通过一个在锥形弹头上的狭小进出口进入这个“金属塔”；这个进出口如同蒸汽锅炉上的“人的进出口”一般大小。人进去之后，把铝制门板关上，再将翼羽螺钉拧紧，进出口便被关得严严实实的了。

乘客们一到达月球，便可以自由地从这座活动“监狱”中走出来。

不过，光是直达月球还不过瘾，沿途还得观赏呢。但这是再容易不过的了。其实，在垫料层下面有着四个厚凸透镜舷窗，其中的两个位于炮弹环状壁上，第三个在炮弹下部，而第四个则在炮弹的圆顶上。因此，乘客们在旅行途中可以往下看到他们离开的地球，往上看到他们逐渐靠近的月球和星空。只不过为了让舷窗免遭发射时的冲击力的破坏，舷窗外还装了一层坚实的金属护窗板，只需轻轻地拧一下炮弹内的螺丝帽，这块护窗板便立即脱落。这样，炮弹内的空气就不会外泄，观赏沿途风光便成为可能了。

所有这些巧妙安装的部件操作起来极其便当，而工程师们在装配炮弹车厢时真的是匠心独运、智慧超群。

舱内固定着几只容器，用来放置三位乘客所需之水和食物。他们甚至还可以通过被压缩在好几个大气压的特制容器里的煤气点火和点灯。只需拧一下龙头，这煤气就可以保证照亮和温暖这节舒适的车厢。大家都看见了，这里面应有尽有，维持生活甚至确保舒适都是毫无问题的。另外，多亏了米歇尔·阿尔当的才能，舒适与实用在艺术上有机地结合在了一起；如果不是因为空间狭小的话，他本可以将这节炮弹车厢变成一个艺术工作室的。不过，若是以为这三位在这个金属塔里你挤我我挤你的话，那可就大错特错了。金属塔内面积足有五十四平方英尺，差不多高达十英尺，足以让乘客们有一个自由活动的空间。他们即使是坐在美国最舒适的车厢里，也不会觉得比这儿更自由自在。

食物和照明的问题得以解决，剩下的就是空气的问题了。很显然，炮弹内的空气是不够满足乘客们四天旅程中的需要的。每个人一个小时内都得消耗掉一百升空气中所含有的全部氧气。巴比凯恩及其两位同伴，再加上他们打算带上的两条狗，二十四小时里要消耗掉两千四百升氧气，或者用重量来说，就得将近七磅的氧气。因此，必须更换炮弹里的空气。如何更换呢？用一个简单的方法，也就是赖泽特先生和勒尼奥先生的方法，米歇尔·阿尔当在大会辩论过程中曾经提及过。

大家知道，空气主要是由百分之二十一的氧和百分之七十九的氮构成的。那么，在呼吸的时候，是个什么情况呢？是一个极其普通的现象。人把维持生命的氧气吸进体内，把氮气原封不动地吐出去。呼出去的空气失去了约百分之五的氧气，又增加了体积大致相等的碳酸气，而这种碳酸气是血液氧化过后的必然产物。因此，就会出现这种情况：在一个封闭的环境中，过了一段时间之后，空气中所有的氧气全都被对人体极为有害的碳酸气取代。

自此，这一问题可以缩小为下面这两点：一、再造被吸入的氧气；二、破坏呼出的碳酸气。用氯酸钾和苛性钾去处理是最简便不过的了。

氯酸钾是一种白色结晶状态下的盐，把它放在四百摄氏度的高温之下，它便会转化成氯化钾，并释放出它所含有的全部氧气。十八磅的氯酸钾能产生七磅的氧气，也就是我们的那几位乘客二十四小时所需之氧气量。氧气就是如此这般再造出来的。

至于苛性钾，那是一种对混入空气中的碳酸气吸收性极强的物质，只需轻轻晃动它，就能吸收碳酸气。这就是吸收碳酸气的方法。

把这两种方法结合起来运用，肯定能把污浊的空气净化掉。赖泽特和勒尼奥这两位化学家采用的就是这种办法。但是，必须指出，直到那时为止，这一试验还只是在动物身上进行的。不论它在科学上是如何的精确，但人们根本就不了解人类是否能承受这一办法。

这就是讨论这一重大问题的会议上所得出的结论。米歇尔·阿尔当不想让人对借助于人造空气而生活的可能性产生怀疑，所以他提议在出发之前试验一下。但是，没获准登月的 J.-T. 马斯顿强烈要求获得进行这次试验的殊荣。

“既然我去不成月球，”这位正直的炮手说道，“那起码也该让我在炮弹里待上一个星期吧。”

拒绝他的这一要求也太不近情理了。于是，他的心愿得到了满足。炮弹里为他准备了足够的氯酸钾、苛性钾和一个星期的食物。接着，十一月十二日早上六点，与他的朋友们握手告别之后，并且再三叮嘱二十日晚上六点之前绝对不可打开“监狱”大门，他便钻进炮弹里去，随即将门紧紧地关上。

在这一个星期里，是个什么情况？无法知晓。炮弹壁很厚，里面的任何动静都听不到。

十一月二十日晚上六点整，铝质门打开，J.-T. 马斯顿的朋友们不禁心儿怦怦乱跳。不过，当他们听见一个快乐的声音在高喊万岁时，久悬的心立即便放下来了。

很快，枪炮俱乐部秘书以胜利者的姿态出现在炮弹的锥形尖顶上。他变胖了！

第24章

落基山上架起的望远镜

一年前的十月二十日，募捐活动结束之后，枪炮俱乐部主席便将建造一架巨型光学望远镜所需之款项拨给了剑桥天文台。这台仪器无论是折射望远镜还是反射望远镜，其功率都必须很强，能清晰地观测到月球表面上的一个九英尺大小的物体。

折射望远镜与反射望远镜之间有着一个很大的区别，在此有必要回顾一下这种区别。折射望远镜由一个镜筒构成，镜筒的上端有一个称之为“物镜”的凸透镜，下端则有一个称为“目镜”的透镜，观测者的眼睛贴在目镜上观测。发光体发出的光线穿过第一个凸透镜，然后在折射的作用之下，在焦点[1]上形成一个倒像。观测者通过目镜来观测这个倒像，目镜像放大镜一样把它准确无误地放大。因此，折射望远镜的镜筒的两端分别由物镜和目镜封住。

与之相反，反射望远镜镜筒上端是敞开的。被观测的物体发出的光线畅通无阻地进入镜筒上端，并映在一个金属面镜上，也就是说映在会聚透镜上。那些光线再反射到一个小镜子上，再从小镜子上反射到把物像放大了的目镜上。

[1] 光线经过折射后聚集成的那个点。——原注

这样，在折射望远镜里，折射起着主要的作用，而在反射望远镜中，起主要作用的则是反射。因此，前者便被称为“折射望远镜”，而后者则被叫作“反射望远镜”。制造这两种光学仪器的最大的困难就在于物镜的制作，无论是制作凸透镜还是金属凹面镜。

不过，在枪炮俱乐部进行它的伟大试验的时候，这些仪器已经特别精密，效果极佳。伽利略用他那只能放大七倍的破望远镜观测天体的时代早已逝去。自十六世纪起，光学仪器不断地在变长、变大，能够使人观测到恒星世界前所未有的深度。在这一时期所使用的折射望远镜中，值得一提的是：俄国的普勒科瓦天文台的那架望远镜，其物镜宽达十五英寸（约三十八厘米，时价八万卢布，合三十二万法郎）；法国光学家勒尔布尔的望远镜，装配着一个与前者差不多大小的物镜；剑桥天文台的那架望远镜，装配着一个直径为十九英寸（四十八厘米）的物镜。

在反射望远镜中，我们所知道的有两架功率极强、体形极大的望远镜。第一架是赫歇尔制造的，长三十六英尺，装配着一个四英尺半宽的反射镜，能将被观测物扩大六千倍。第二架架设在爱尔兰伯尔堡的帕森斯顿公园里，属于罗斯勋爵所有，其镜筒长达四十八英尺，反光镜宽六英尺（约一点九三平方米），可以将物体放大六千四百倍，必须建造一个特大的房子，才能安放这架重达两万八千磅的仪器，以便操作。

不过，大家都看到了，尽管这些望远镜体形庞大，但所能放大的倍数最大也就是六千倍。可是，放大六千倍只能将月球的距离缩短到三十九英里（约合十六法里），只能观测直径有六十英尺的物体，除非该物体特别长。

可发射到太空中的只是一颗直径九英尺、长十五英尺的炮弹。

这么看来，至少得将月球的距离拉近到五英里（约合二法里）才行，而要想做到这一点，就得制造出一架放大倍数为四万八千倍的望远镜才行。

这就是向剑桥天文台提出的难题。就经费而言，问题并不大，难办的是物质方面困难重重。

首先，必须考虑的是选择反射望远镜还是选择折射望远镜。折射望远镜比反射望远镜有一些优越性：在同样的物镜条件下，它的放大倍数要大得多，因为光线穿过凸透镜的时候会被吸收，穿过金属反光镜的时候则会被反射，而前者所造成的损失要小于后者。但是，凸透镜的厚度受到限制，太厚了的话，光线就无法穿过，而且，制作这么大的透镜也是极其困难的，费时费力，往往长达数年。

尽管折射望远镜在观测月球这一反光体时非常好，观测物更加清晰明亮，但大家还是决定使用反射望远镜，因为制造它费时较少，而且它的放大倍数也强。由于光线在穿过大气层时其强度会损失一大部分，所以枪炮俱乐部决定把仪器架设在合众国的高山之中的一座高山上，这样就能减少空气层的厚度。

我们已经知道，反射望远镜上有目镜，也就是观测者观测时所对着的那个放大镜，它是制造放大倍数的，而物镜则是支持最大化倍数的镜头，其中直径最大、焦距最长的物镜是最好的。如果想把物体放大四万八千倍的话，就必须大大超过赫歇尔和罗斯的物镜。这就是困难之所在，因为制造这样的反光镜是非常精密细致的工作。

幸好几年前，法国科学院的一位科学家——莱昂·富科刚刚发明了一种方法，用镀银的反光镜取代金属反光镜，从而加快并简便了物镜的制造。其方法很简单，只要先浇铸所需尺寸的一块玻璃，然后再给它镀上银。这种方法效果极佳，所以被用于物镜的制造。

另外，物镜的安置是根据赫歇尔所设想的方法进行的。在天文学家德·斯劳的那架巨大的望远镜的镜筒底部装置了一个倾斜的反光镜，物体的图像经过这个反光镜的反射，便传到镜筒另一端的目镜上。这么一来，观测者无须立于镜筒下方，而是站到其上方去，借助于放大镜，往巨大的圆锥体镜筒内观测。这种组合的好处在于可以去掉旨在把图像反射到目镜上的小反射镜。而目镜所看到的图像就不再经过两次反射，而只经过一次反射了。因此，损失的光线就会大量地减少，而图像也就变得更加清晰了。这么一来，人们最终便会看到更加明亮的物体，这对于必须进行的天文观测来说是极其宝贵的长处。

这些难题全部解决之后，制作工作便全面展开了。根据剑桥天文台的计算，新型反射镜的镜筒应该是两百八十英尺，而反射镜的直径应为十六英尺。这样的一架望远镜尽管体形巨大，但也不比几年前天文学家胡克所建议制造的那架望远镜大；后者建议制造的望远镜是一万英尺（约三点五公里长）。不过，安置这么大的一架仪器困难多多。

至于它的安置地点问题，立即便解决了。要选择一座高山，不过在合众国内高山并不太多。

确实，在这个广袤的国家，只有两个中等高度的山脉，那条壮丽的密西西比河便从其间流过。如果美国人承认有什么王的话，他们就会给这条河冠以“河流之王”称号的。

东边是阿巴拉契亚山脉，其最高峰位于新罕布什尔州，高度不到五千六百英尺，这也太矮了。

相反，西边却有落基山脉，是一条连绵不断的山脉，起自麦哲伦海峡，沿着南美西海岸延伸，名为安第斯山脉或科迪勒拉山脉，然后穿过巴拿马地峡，经北美，一直延伸至北冰洋海岸。

这些山脉不算很高，与阿尔卑斯山或喜马拉雅山相比，简直是小巫见大巫。的确，它们中最高的那些山峰也只有一万零七百零一英尺，而勃朗峰就高达一万四千四百三十九英尺，喜马拉雅山的珠穆朗玛峰的海拔高度竟达两万六千七百七十六英尺[1]。

不过，既然枪炮俱乐部坚持要把望远镜和哥伦比亚德炮安置在合众国内，所以只好选择落基山脉了，于是一切必需的器材物资都开始往密苏里州境内的朗斯峰上运送。

想要描述美国工程师们所要克服的重重困难以及他们在工作中所表现出来的胆略与智慧，那是非笔墨或语言所能为的。那真的是一次伟大的壮举。必须越过荒芜的草原，穿过人迹罕至的森林，蹚过可怕的急流，远离人烟，深入几乎无法生存的荒野地区，把一块块巨石，一件件沉甸甸的铸铁、角铁，巨大的镜筒部件以及重近三万磅的物镜弄到终年积雪的雪线以上的山顶去。然而，这千难万险都被美国人的天才智慧战胜了。开始制造望远镜之后不到一年工夫，在九月的最后几天，那巨型望远镜便将自己那长达两百八十英尺的镜筒向空中竖起。它挂在一个很大的铁架上；它的精密的机械装备使之操作方便，可以对准天空中的任何一点，并且可以跟随着星体的方位移动而移动。

它的造价超过四十万美元（一百六十万法郎）。当它第一次对准月球的时候，观测者们的心情是既新奇又不安的。他们会在这架可以把物体放大四万八千倍的望远镜的视野中发现些什么呢？会发现一些居民？一些月球动物？一些城市？一些湖泊？一些海洋？不，只能发现科学界已经知晓的东西，而且在月面的各处，都完全证实了月球的火山性质。

不过，落基山的望远镜在为枪炮俱乐部服务之前，已经为天文学做

[1] 珠穆朗玛峰现在的实际高度为 8844.43 米。

出过巨大贡献。由于它强大的穿透能力，天空的最深处已经探测到了，许多星体的直径被精确地测量过了，而且剑桥天文台的克拉克先生还将巨蟹座从金牛座中分离了出来，这是罗斯勋爵从未做到的。

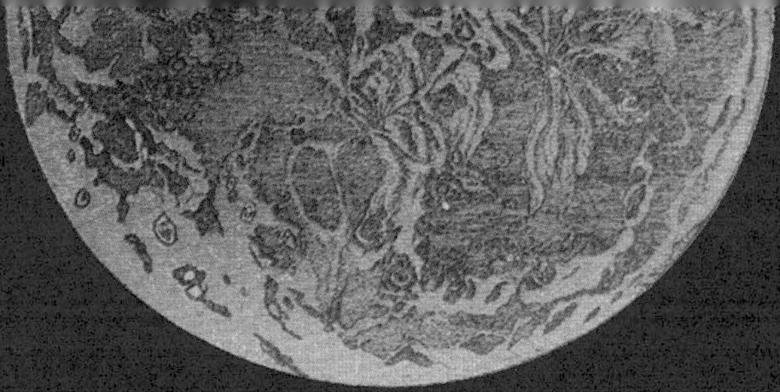

第25章 最后的细节

已经到了十一月二十二日了，再过十天就要发射。只剩下一件工作还需要圆满完成。那是一项棘手的、危险的、要求小心又小心的工作，对这件工作，尼科尔船长第三次打赌，认为它成功不了。的确，这关系到要给哥伦比亚德炮装填上四十万磅的火棉。尼科尔曾经认为——也许他的想法不无道理——把这么大量的低氮硝化木棉素装进去有可能造成大灾难，而且，不管怎么说，这堆极易燃爆的物品在炮弹的压力之下，会自燃的。

而且，美国人一向粗心而轻率，这也使得本已很危险的事情更加危险了；美国人在南北战争期间就对什么都不在乎，连装炮弹时嘴里都衔着雪茄。但是，巴比凯恩一心想着成功，绝不愿功败垂成。因此，他挑选了一些最优秀的工匠，亲自监督他们干活儿，一刻也不让工匠们离开自己的视线。他的小心谨慎、一丝不苟，使得所有的成功机遇都站到了他的一边来。

首先，他绝对不许把全部火药一下子全都运到石岗围墙内。他让人把火药装在密封的弹药车里，分期分批地运进来。四十万磅低氮硝化木棉素在彭萨科拉最熟练的弹药装配工小心谨慎的操作下，被分别包成一个个五百磅的包，装进八百只很大的弹药桶里。每辆弹药车可以装十桶，通过坦帕城的铁路一辆接一辆地运到石岗来。通过这种方法进行处理，石岗围墙里的火药绝对不会超过五千磅的。弹药车一到，光着脚的工匠们就立即卸车，然后用人工操作的吊车把火药一桶桶地装进哥伦比亚德炮的炮膛里。任何蒸汽机械都被弄出施工现场，而且，方圆两英里内没有一点火星。尽管已是十一月了，但阳光仍然强烈，要让这么多的火棉不被烈日烤燃也非易事。因此，大家宁可夜晚干活儿，借助于在真空中制造的光亮照明，以及鲁姆科夫的设备，创造出一个人工白昼，连哥伦比亚德炮的底部都被照得一清二楚。一桶桶的火药整齐有序地排列在炮的底部，彼此之间用一根金属丝连接着，旨在同时将电火花传到火药桶的中心去。

的确是用电池来点燃这一大堆的火棉的。这些金属全都用绝缘材料包裹着，在与炮弹保持着同样高度的一个小洞口处，汇集成一条电路，然后穿过厚厚的铸铁炮壁，再穿过事先准备好的石头护壁上的洞孔伸到地面。一旦到达石岗山顶，金属丝便被一根根电线杆撑起，长达两英里，通过断路器接到一只本生灯的强力电池上。这时，只需用指头摁一下断路器的按钮，就立即产生电流，四十万磅的火棉瞬间便被点燃了。当然啰，电池只是在最后时刻才发挥作用。

十一月二十八日，八百只弹药桶全部在哥伦比亚德炮的底部码放好了。这一步的工作算是圆满地完成了。但是，在此期间，巴比凯恩主席经受了多少煎熬和抗争啊！他的确是禁止闲杂人等进入石岗，但是，每天都有许许多多的好奇者攀爬栅栏，有的甚至疯狂得置危险于不顾，竟然跑到火棉堆前抽起烟来。巴比凯恩每天都怒气冲天。J.–T. 马斯顿想尽办法在协助他，拼命地驱赶擅自闯入者，并且仔细地捡拾美国佬们随地扔下的烟头。这个活儿可够艰苦的，因为有三十多万人拥挤在栅栏旁。

米歇尔·阿尔当自告奋勇地一路押运弹药车，直到哥伦比亚德炮的炮口。但是，枪炮俱乐部主席却发现这个阿尔当一面在撵走擅自闯入者，一面自己嘴里还衔着一支大雪茄，这可是给那帮冒失鬼树立了一个极可怕的榜样，所以他感到不能太信赖这个烟不离嘴的家伙，只好派专人紧紧地盯着他。

最后，好像神明在庇护炮手们似的，没有发生爆炸之类的事情，弹药装填工作圆满结束。因此，尼科尔船长的第三次打赌看来是输定了。现在就看把炮弹装入哥伦比亚德炮，并将它放置在厚厚的一层火棉上去会怎么样了。

但是，在进行这项工作之前，必须把旅行所必备的东西先装进炮弹车厢，整齐有序地放置好。东西很多，如果把这事交由米歇尔·阿尔当去办，那这些东西立即就会把留给乘客们的位置挤占掉。没人想象得出这个可爱的法国人要把多少东西带到月球上去。肯定是一大堆乱七八糟的无用之物。巴比凯恩只好出面干预，只能带上一些必不可少的东西。

于是，工具箱里放了好几支温度计、气压计和好几副望远镜。

旅行者们都盼着沿途好好地观测月球，所以为了方便大家了解这个新的世界，还带了一张比尔和默德雷制作的精美的月球图，该图分成四个版面，被公认为经仔细耐心观察之后绘制而成的一个真正的杰作。这幅图精确地再现了月球运行时面对地球的那一部分的全部的细微地形变化：山脉、峡谷、圆谷、火山口、山峰以及沟壑等都标得一清二楚，大小无误，方位精确，从高高矗立在月面东部的多尔弗尔山和莱布尼兹山，一直延伸至北部极地地区的“冰海”，都一一标清了名称。

这对旅行者们来说，是一份极其珍贵的资料，因为他们在踏上月球之前便可以研究月球了。

他们还带了三支来复枪和三支装有爆炸弹头的猎枪；另外，还带了数量可观的火药和铅弹。

“我们并不知道将要面对的是谁，”米歇尔·阿尔当说道，“人或者兽都可能认为我们去拜访他（它）们是不怀好意！所以必须有所准备。”

另外，除了防身武器外，还带上了一些鹤嘴锄、十字镐、手锯以及其他一些必不可少的工具，当然，各种气候条件下——从严寒到酷热——所必备的衣服也是不能不带上的。

米歇尔·阿尔当准备带上一定数量的动物，当然不必每种动物都带上一对，因为他觉得没必要跑到月球上去驯化蛇、虎、鳄以及其他一些凶猛的野兽。

“这都用不着的，”他对巴比凯恩说道，“不过，带上几头牲口，黄牛或母牛、驴或马，不仅增添乐趣，而且也可派上大用场的。”

“我同意你的意见，亲爱的阿尔当，”枪炮俱乐部主席回答道，“但是，我的炮弹车厢并非挪亚方舟，它既无这么大的能力，也没这一使命。所以，我们还是尽我们之所能吧！”最后，经过一番争论，旅行者们一致同意只带上尼科尔的那条母猎犬和一条很强壮的纽芬兰公狗。还带上了好几箱的最有用的种子，那是必不可少的物品之一。如果任由米歇尔·阿尔当处理的话，他肯定还会带上几袋泥土，好在月球上播种。不过，他还是带上了十多棵小树苗，用稻草包裹好，放在炮弹车厢的一个角落里。

剩下的就是重要的食物问题，因为必须考虑到着陆地点可能是月球上绝对贫瘠的地方。巴比凯恩心细，带上了足够吃一年的粮食。不过，必须明确指出（这并不是要让大家感到惊讶），这些食物，包括肉和蔬菜，是经过水力压榨机压过的压缩食品，体积很小，但其营养成分并未降低，品种不多，但这毕竟是一次特殊旅行，不必过于挑剔了。另外还储备了五十加仑[1]（约合二百升）的烧酒和只够两个月消耗的水。其实，根据天文学家们最近的观测，毋庸置疑，月球表面有着一定数量的水。至于粮食，认为地球居民在月球上找不到吃的，那简直是一派胡言。在这一点上，米歇尔·阿尔当是坚信不疑的。如果他有此疑惑的话，他也就不会决定去月球了。

“再说，”有一天，他对他的朋友们说，“我们地球上的同事们不会完全抛下我们不管的，他们肯定不会不与我们联系的。”

“肯定不会的。”J.-T. 马斯顿回答道。

“您就这么肯定？”尼科尔问道。

“这很简单嘛，”阿尔当回答道，“哥伦比亚德炮不是将一直待在那儿吗？喏！每当月球出现在天顶最佳位置时，即使不在近地点，也就是说，差不多一年一次，地球上的同事们难道就不能射几枚装满食物的炮弹给我们吗？我们只需在固定的日子在上面等着就行了。”

“好极了！好极了！”胸有成竹的J.-T. 马斯顿呼喊道，“说得真好！正直的朋友们，我们肯定不会忘记你们的！”

“我们就仰仗诸位了！因此，你们也明白了，我们将定期获得地球上的消息，对我们而言，如果无法与我们地球上的好友们通消息，那我们就两眼一抹黑了！”

米歇尔·阿尔当神色坚定、镇静自若地说出的这番话让枪炮俱乐部所有的人恨不得都跟着飞往月球去。他说得非常简单、普通、胜利在望，让人非跟他们三人登月不可，否则就枉为人了，只能可怜巴巴地生活在这个倒霉的地球上。

当各种物品在炮弹车厢中码放好了的时候，用作弹簧的水也灌入一

[1] 加仑，英美制容量单位，又分为英制加仑和美制加仑。英制 1 加仑等于 4.546 升，美制 1 加仑等于 3.785 升。——编者注

层层隔板里去了，用于照明的煤气也输入容器里了。至于制造氧气的氯酸钾和吸收碳酸气的苛性钾，巴比凯恩担心途中有所耽搁，带了够两个月的用量。提供清新空气并彻底净化空气的是一个极其精巧的自动运作的机器。炮弹已经准备就绪，只需将它装进哥伦比亚德炮里去了。不过，装弹工作充满着困难和危险。

巨型炮弹运到了石岗山顶。几部功率强大的吊车钩住它，悬于金属竖井上方。

这是让人心惊肉跳的一刻。万一吊缆突然被这么重的一个大家伙坠断了，炮弹便会掉下来，引着火棉，必然爆炸。

幸好，什么意外也没发生。几个小时之后，炮弹车厢平缓地在炮膛里往下滑落，停放在像易燃的鸭绒被一样的火棉层上，它没有出什么问题，只是把哥伦比亚德炮的火药层压得更瓷实一点。

“我输了。”船长边说边将三千美元交给巴比凯恩主席。

巴比凯恩不愿接受一位旅行伙伴的钱，但是，见尼科尔坚持要给，他不得不做出让步，因为尼科尔坚持在离开地球之前履行自己的诺言。

“这么说，”米歇尔·阿尔当说道，“我现在只有一件事要祝福您了，正直的船长。”

“哪一件事呀？”尼科尔问道。

“就是您输掉了您另外的两次赌注呗！这样一来，我们就笃定不会停在半路上了。”

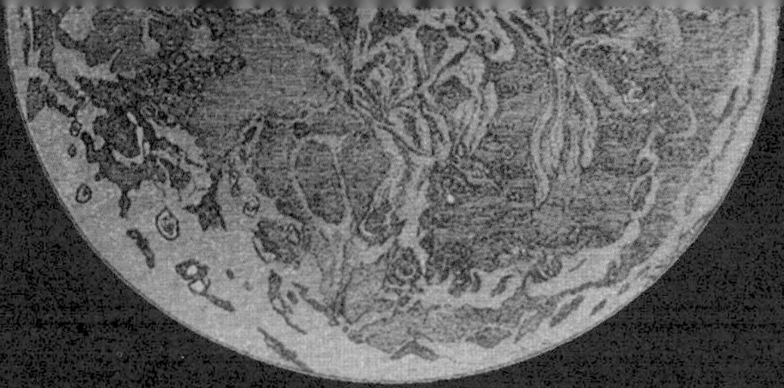

第26章
发　射

十二月的头一天终于来到了，这可是命定的一天，因为如果炮弹不能在当晚十点四十六分四十秒发射出去的话，那就只好再等上十八年多，月球才会同时位于天顶和近地点。

天气晴朗。尽管冬天将近，太阳仍然灿烂，沐浴着这个地球，它的三个居民将离它而去，飞向新世界。

许许多多的人都在焦急地等待着这一天的到来。他们头一天晚上辗转反侧，简直难以成眠！有多少人因这种难以忍受的期待之苦而憋闷难耐啊！人人都焦虑不安，心在怦怦直跳，只有米歇尔·阿尔当是个例外。这个沉着稳健的人像往常一样忙忙碌碌，跑来跑去，看不出他心中有任何的不寻常的担心。他睡得挺恬静，像蒂雷纳[1]一样，在大战之前在炮架上都要美美地睡上一觉。

从一大清早起，人群黑压压地挤满了石岗周围那一望无际的大草原。每隔一刻钟，从坦帕城发来的火车便送来新一批好奇者；人流不断地涌来，越聚越多，很快便人满为患了。根据《坦帕城观察家报》的统计，在这个难忘的日子里，有五百万名看热闹的人踏上了佛罗里达

[1] 蒂雷纳（1611—1675），法国元帅，子爵。

的这片土地。

一个月以来，其中的大部分人都在围墙周围安营扎寨，这为日后被称为“阿尔当城”的城市的建立奠定了基础。平原上随处可见临时搭起的木板屋、茅屋、窝棚和帐篷，居住其中的这些临时居民人数众多，欧洲的那些大城市与之相比也当自叹弗如。

在这里，地球上各个民族的人都有，他们操着各自的方言土语，简直就像是各种语言的大杂烩（huì），如同《圣经》中所记载的巴别塔[1]一样。在这里，美国社会的各个阶层混杂在一起，完全平等。路易斯安那的克里奥人[2]同印第安纳的农夫们称兄道弟；肯塔基和田纳西的绅士们、衣冠楚楚的高傲的弗吉尼亚人同大湖区半开化的设陷阱捕捉毛皮兽的猎人以及辛辛那提的牛贩子们一起高谈阔论。他们头戴阔边的白海狸皮皮帽或者传统的巴拿马草帽，下穿奥普卢沙斯服装厂生产的蓝色棉长裤，上身套着雅致的棉布服，足蹬颜色鲜艳的低筒皮靴，显示着怪异的细麻布泡泡纱滚边，还故意显摆衬衣上、袖口上、领带上、十个指头上，甚至耳朵上的所有的装饰品：戒指、胸针、棱面钻石、项链、耳环、坠子等，价格昂贵，但却庸俗不堪。妇女、儿童、仆人等的穿戴也毫不逊色，前呼后拥地围着丈夫、父亲和主人，后者在家人、家丁的簇拥之下，简直就像是部落的酋长一般。

吃饭的时候，不妨看看这帮人是如何如狼似虎地扑向南部各州的特色菜肴的，一个个是如何狼吞虎咽的，致使佛罗里达州的食品供应都成了问题。其实，那些食物，如炖田鸡、焖猴肉、杂烩鱼、烤袋鼠肉、烧

[1] 巴别塔，《圣经》故事中，挪亚的子孙拟造而未完成的一座摩天高塔。据《创世记》载，挪亚的子孙向东迁徙，至示拿，见一平原，乃住，拟协力建造一城和一高塔以达天上。上帝虑彼等今后将无事不成，乃混乱其语言，致使互不通意，乃四散。该城遂被称为“巴别尔”，意为“混乱”。塔则称为“巴别塔”。

[2] 克里奥人，安第斯群岛的白种人后裔。

鼠肉、烧浣（huàn）熊肉等，简直让欧洲人反胃。

同样，饮料或烧酒也种类繁多，帮助人们去消化上述那些难以消化的食物！酒吧或小酒馆里玻璃杯、啤酒杯、酒瓶、长颈大肚玻璃瓶等各种形状的瓶子，比比皆是，还有各种各样的磨糖块的钵和成扎的麦秆。人们又唱又叫，喊声如雷，令人难耐！

“薄荷糖浆酒！”一位零售商扯着嗓子叫喊道。

“波尔多桑加里酒！”另一位尖叫道。

“杜松子酒！”又一位在不停地嚷叫着。

“鸡尾酒！白兰地！”还有一位跟着喊道。

“谁想尝尝真正的最新口味的薄荷糖浆酒呀？”那几位精明的酒贩子一边大声吆喝，一边像变魔术似的在一只只杯子里调制白糖、柠檬、青薄荷、碎冰块、水、白兰地和新鲜菠萝混合而成的清凉饮料。

人们的喉咙受到各种香料的强烈刺激，通常会大呼小叫，声震耳鼓，但是，那一天，十二月的头一天，叫喊声变得又弱又小。酒贩子们就是叫破喉咙也引不起人们的兴趣。没有人想着吃点什么喝点什么，而且，一直到下午四点，有许多人还在人群中窜来窜去，连午饭都还没吃哪！更意味深长的是，美国人最喜爱的赌博也因兴奋激动被压制住了。看到九柱戏的小木柱倒在地上，骰（tóu）子待在皮筒中睡大觉，轮盘赌具不再转动，木板记分纸牌被撇在一边，“惠斯特牌戏”“二十一点”“红与黑”“蒙特”和“法罗”都静静地躺在牌盒里一动不动，你便会明白，当天的大事吸引了人们，消除了一切需求，没有给娱乐留下一席之地。

一直到晚上，没有任何喧嚣之声，如同大难临头一般，有的只是一种焦躁不安笼罩在这群焦急的人们心头。人人的心里都有一种说不清道不明的不适，一种痛苦茫然聚在心间，一种无法形容的感觉在揪着人们的心。人人都期盼着“这已成为过去”。

然而，将近七点钟的时候，这沉闷的寂静突然间被打破了。月亮从地平线上升起。千百万的欢呼声在向升起的月亮致敬。它准时践约。呼喊声直冲云霄。当月亮女神在美丽的夜空中安详地照耀，并用它那皎洁的月光轻抚着如醉如痴的人们的时候，四面八方掌声响成一片。

这时候，三位坚强不屈的旅行者出现了。人们一看见他们，呼喊声便变得更加高昂。美国国歌声立刻同时地从每一个激动的胸膛中喷发出来，银行家、农民、水手、经纪人、棉花种植者、商人、船夫、官吏等像原始人一样摩肩接踵（zhǒng）、你挤我拥。万人齐声合唱《扬基歌》[1]。歌声嘹亮，直上云霄。

然后，在这无法抑制的激情之后，国歌声止息了，最后的歌声在慢慢地遁去，嘈杂声也停止了，随后，一阵阵的窃窃私语声飘浮在这群激动不已的人群上空。不过，这时候，那位法国人和那两位美国人已经走过外面挤满了人的围墙。他们由枪炮俱乐部的成员们以及欧洲各个天文台的代表们陪同着。巴比凯恩冷静沉着，平静地下达最后的几道命令。尼科尔紧抿着嘴，双手背在身后，步子坚定有力地走着。米歇尔·阿尔当仍旧一副悠然自得的样子，一副真正的旅行者的装扮，脚上绑着皮护腿，腰间系着腰包，一身宽大的栗色羽绒服，一路上，十分热情大方地同人们握手。他精神饱满，热情洋溢，笑呵呵，嘻哈哈，还不时地逗弄可敬的J.-T.马斯顿，总而言之，是一个“地道的法国人”或者退而求其次，是个“巴黎人”。

十点了。登上炮弹车厢的时刻到了。要登上去，必须经过一道道“关卡”，然后，拧紧门板螺钉，移走吊车，拆除哥伦比亚德炮炮口上的脚手架，凡此种种，颇费时间。

巴比凯恩把他那只精确到十分之一秒的跑表与默奇森的表对了一

[1] 美国独立战争时期流行的一首歌曲，一直被视为非正式的美国国歌。

下，默奇森负责用电火花点燃火药；进入炮弹车厢的旅行者们可以盯着不慌不忙地走着的指针，它将指明他们出发的准确时间。

告别的时刻终于到了。场面极其感人；米歇尔·阿尔当尽管开心快乐，但仍不免十分激动。J.-T. 马斯顿一向眼皮干涩，很久未见泪水，但此时此刻也不禁流出了一滴保存良久的眼泪来。他将他的这滴泪水滴在了他的亲切而正直的主席的额头上。

“我能跟你们一起去吗？”他说道，“现在还来得及的！”

“不行啊，马斯顿老友。”巴比凯恩拒绝他道。

片刻之后，那三位旅伴便坐进了炮弹车厢里，从里面将门板螺钉拧紧，然后，哥伦比亚德炮那已经完全解放了的炮口，自由地伸向了天空。

尼科尔、巴比凯恩和米歇尔·阿尔当被严严实实地关在了密封的炮弹车厢里了。

有谁能描绘这万众一心的激动场面呢？

天空晴朗清亮，月亮在天空中移动着，运行途中，所有的星辰都黯然无光了。它穿过了双子座，几乎到了地平线与天顶的正中间。每个人都能轻易地了解所瞄准的目标的正前方，宛如猎人紧盯着他要捕捉的野兔一样。

一种瘆（shèn）人的寂静笼罩着这一切。大地上没有一丝风！人人的胸中都紧憋着气！心脏都不敢跳动了。所有惶恐不安的目光都紧紧地盯着哥伦比亚德炮的炮口。

默奇森的目光紧盯着他的马表的指针。离点火的时间只有四十秒了，可那嘀嗒的秒针的每一秒，都像是一个世纪一般漫长。

走到二十秒的时候，所有的人全都战栗了一下，人人都突然感到被关在炮弹里的那三位勇敢的旅行者也在数着那可怕的一秒又一秒！有一些声音孤零零地在数着：

“三十五！——三十六！——三十七！——三十八！——三十九！——四十！——点火！”

默奇森立即用手指揿下开关，电流接通，电火花传向哥伦比亚德炮的底部。

霎时间，传来一声可怕的、闻所未闻的、超常的巨响，无论霹雳声、火山喷发声或者其他什么声响，都没法与它相比。一束巨大的火焰如同从火山中喷发出来一般从地底深处轰然喷出。大地在抖动。只有少数几个人可能在那一刹那隐隐约约地看见炮弹在烈火浓烟中傲然地划破长空。

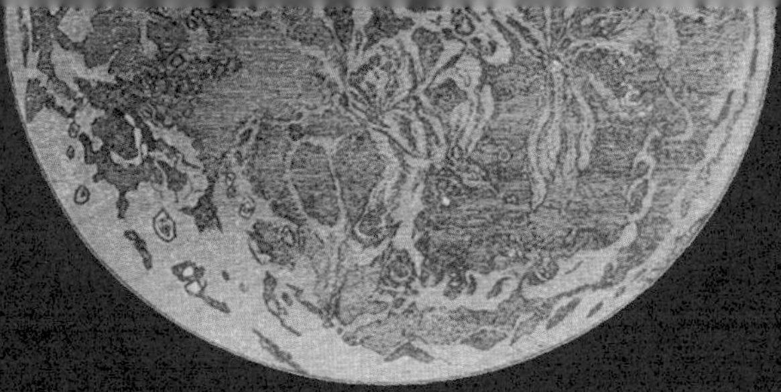

第27章
云层厚重

当炽热的烈焰冲上云霄时，迸发出来的光芒照亮了整个佛罗里达州，而且，在无法计算它有多长的那个瞬间，在这一大片地区，白昼代替了黑夜。这么巨大的一团火焰在墨西哥湾和大西洋上都可以看见，而且好多船长都在自己的航海日志上记下了这个巨大的大气现象的出现。

哥伦比亚德炮轰然一声响，大地就像是发生了地震一般。连佛罗里达州的地底深处都在颤动。火药爆炸所产生的气体，因高温而扩散，以无可比拟的威力冲击大气层，而这股人造的飓风要比暴风雨中的飓风迅猛上百倍，像一股龙卷风似的在空中掠过。

观看者中无人能站得稳；男人、女人、儿童，全都像被暴风雨击打的麦子一般倒伏在地；随即传来一阵阵撕心裂肺的惨叫声，很多人受了重伤，而 J.–T. 马斯顿因为太掉以轻心，竟然站得太靠近，结果像一发炮弹似的从他的同胞们的头顶上方飞过，被抛出二十托瓦兹开外去。霎时间，三十万观者惊呆了，什么也听不见了。

那股气浪冲翻了棚屋，击毁了窝棚，把方圆二十英里内的大树连根拔起，把铁轨上的火车一直吹回到坦帕城；然后，它便像雪崩似的扑向该城，摧毁了上百幢房屋，包括圣玛丽教堂在内，而新建起的证券交易所的墙壁，从上到下裂了一个大口子。港口里有几条船互相挤碰撞击，径直沉入海底，还有十几条停泊在港湾里的船只像是扯断棉线似的挣脱缆绳，撞到岸边。

但是，破坏的范围还扩大到更远的地方，越过了美国的国境。后坐力的作用借助于西风，在大西洋上，一直波及离美国海岸三百多英里的洋面。这场连菲茨·罗伊海军上将都未曾遇到过的人造风暴大发淫威，无比疯狂地扑向船只；有好几艘军舰被这场可怕的旋风卷挟，来不及逃脱，整个儿沉入海底，包括利物浦的“恰尔德·哈罗德”号。这是一场令人痛心疾首的大灾难，遭到来自英国的强烈怒斥和责难。

最后，还要补充一点，炮弹发射之后半小时，戈雷岛[1]和塞拉利昂的一些居民都声称听到了一声沉闷的声响，这是声波在越过大西洋之后在非洲海岸消失的最后的地点，但是除了几个当地的土著人说是亲耳听见之外，并没有其他任何的确凿证据。

现在，得回到佛罗里达来。最初的一阵混乱平静下来之后，伤者、失聪者等所有人全都惊醒过来，拼命地在叫喊着：“阿尔当万岁！巴比凯恩万岁！尼科尔万岁！”狂热的欢呼声直冲云霄。几百万人抬头仰望天空，举起望远镜，仔细地搜索着，全然不顾扭伤、摔伤和疼痛，只顾追踪那炮弹车厢。但是，他们什么也找不到。他们看不到它，只有耐心地等待来自朗斯峰的电报了。剑桥天文台台长正在落基山上坚守着自己的岗位，而观测的使命正是交给了这位才智横溢、坚韧不拔的天文学家。

不过，有一个尽管是很容易预料，但却并未预见到的而又无能为力的现象，很快便在严重地考验着公众的耐心了。

此前一直晴空万里的天空骤然变坏，浓云密布。大气层被猛烈地冲

[1] 塞内加尔的一个岛名。

击之后，在四十万磅低氮硝化木棉素燃烧后所产生的大量烟雾的弥漫之下，天空不被浓烟遮蔽，还会是什么样子呀？大自然的所有秩序统统被扰乱了。可这并没有什么可惊讶的，在海战中，常常可以看到大炮的发射所引发的大气层的突然改变。第二天，太阳照常升起，只是天边浓云密布，仿佛天地间挂着一块厚重而无法透过的巨大幕布似的，遗憾的是，这块幕布一直延伸到落基山地区。这可是一个沉重的打击。全球各地一片声讨。但大自然却无动于衷，因为是人类用大炮扰乱了大气层，就应该喝下自酿的苦酒。

在第一天里，每个人都千方百计地想要穿透这浓云层，但是全都徒劳无益；再说，人人都抬头望天，实在是大错特错，忘了由于地球的转动，炮弹必然是沿着相反方向飞行的。

不管怎么说，反正当黑夜笼罩大地，伸手不见五指的时候，当月亮从地平线上升起的时候，是不可能看见它的；它像是存心躲开朝它开炮的那些胆大冒失的人的目光似的。所以什么也别想观测到，而朗斯峰的电报也证实了这个恼人的意外情况。

不过，如果试验成功了，那么十二月一日十点四十六分四十秒出发的旅行者们就该在四日午夜抵达目的地。因此，在这之前的几天里，反正在这种条件之下很难看到像炮弹这么小的一个东西，所以嚷嚷也没有用，只能是耐心地等待着。

十二月四日，从晚上八点到午夜，本可以跟踪追寻炮弹车厢的踪迹，它本应该像一个黑点似的出现在闪亮的月面上的，但是，天空依然麻木不仁，阴沉沉的，令公众愤怒到了极点。大家纷纷怒斥躲着不出来的月亮。实在无可奈何，这简直就是报应！

沮丧绝望的 J.-T. 马斯顿出发去朗斯峰了。他想要亲自观测一番。他并不怀疑他的朋友们最终会到达此行的目的地。再说，并没有人听说

炮弹掉落在某个岛屿或陆地上了，而且，J.-T. 马斯顿绝不相信炮弹可能掉在覆盖着地球四分之三面积的海洋里。

五日，天气仍与前几天一样。与此相反，欧洲天气格外的好，欧洲大陆的那些巨型望远镜，如赫歇尔的、罗斯的、富科的，都一直在对准着黑夜星球。不过，这些仪器相对来说功率较差，妨碍了有效观测。

六日，天气仍一样的坏。地球上四分之三的人焦躁不安。有人甚至想出一些最异想天开的办法来驱散堆积在空中的阴云。

七日，天空好像稍微有了点变化。大家都在期盼着，但这种希望并未维持多久，厚厚的云层仍然遮满天空，挡住人们的视线。

如此看来，情况变得严重了。确实，十一日上午九点十一分，月球将进入下弦期。此后，就算天清气朗，观测的机会也变得极其渺茫了。因为这之后，月亮的月面显现得越来越小，最后变成新月时期，也就是说，它将与太阳同息同起，它将被太阳的光亮完全遮掩住。必须等到一月三日中午十二点四十四分才能看到满月，重新开始观测。

报纸纷纷地刊载这些带有各种评述的情况，全都毫不掩饰地告诉公众，让大家做好心理准备，拿出天使般的耐心来。

八日，仍无变化。九日，太阳又露出了一会儿小脸儿，像是在嘲讽美国人似的。大家冲着太阳骂骂咧咧，它大概是因这种对待而大伤自尊，便更不愿抛洒它的光芒了。

十日，无变化。J.-T. 马斯顿几乎要疯了，大家都替这位可敬之人担心着，生怕他脑子会出问题，而此前，他的那颗马来树胶制成的脑壳一直都在很好地保护着他的脑袋。

但是，十一日，一场可怕的热带风暴刮了起来。猛烈的东风把聚集了很长时间的阴云吹散，到了晚间，被吞噬（shì）了一半的月面庄重地显现在清澈的星空之中。

第28章

一颗新星

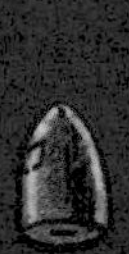

当天夜里，让人焦急期盼的那个激动人心的消息霹雳一声，响彻合众国每一个州，并从美国越过大洋，在全球各条电报线上传送着。多亏了朗斯峰的那架巨型望远镜，炮弹车厢被隐隐约约地看到了。

下面便是剑桥天文台台长所做的记录，对枪炮俱乐部的这次伟大的尝试做出了科学的结论。

朗斯峰十二月十二日

致剑桥天文台的先生们：

十二月十二日晚八点四十七分，贝尔法斯特先生和J.-T.马斯顿先生在月亮进入下弦月时，观测到了哥伦比亚德炮从石岗发射的炮弹。

这颗炮弹并未到达目的地。它从月球近旁飞过，不过，几乎是擦肩而过的，但是它还是被月球的引力吸住了。

这时候，它的直线运动变成了一种令人头晕目眩的高速圆周运动，并被吸附在环绕月球的一个椭圆形轨道上，成了月球的一颗名副其实的卫星。

这颗新的星球的情况尚无法确定。我们既不了解它的移动速度也不知道它的自转速度。它与月球表面的距离估计约有两千八百三十三英里（约四千五百法里）。

现在，可能会有两种假设出现，它们可能会改变现状。

或者月球的引力将占上风，炮弹车厢上的旅行者们将到达目的地；或者炮弹车厢被固定在一个一成不变的轨道上，围绕着月球运转，直到世界末日。

天文观测有一天将会得出结论的，但是，在这之前，枪炮俱乐部的尝试除了为太阳系增添了一颗新星之外，并无其他任何硕果。

J.M. 贝尔法斯特

这个意外的结局引出了多少的问题啊！未来留待科学研究的将会有多少的奥秘啊！由于那三位旅行者的勇气与忠诚，这次向月球发射炮弹的尝试表面上看来无甚价值，但却有着巨大的意义，影响是无法估量的。被关在一颗新卫星里的旅行者们，如果说未能到达目的地，但至少成为月球的一部分了。他们在围绕黑夜星球运转，而人类的眼睛第一次能够窥探到许许多多的秘密。尼科尔、巴比凯恩、米歇尔·阿尔当的名字将永远标榜在天文学大事记里，因为这几位英雄勇于拓展人类知识领域，不畏艰险地飞向太空，不怕牺牲生命去进行那现代最难以置信的试验。

不管怎么说，朗斯峰的报告一经公布于众，立即在全世界引起一片惊讶与恐惧。有没有可能帮这三位地球居民一把？想必是没有，因为他们已经越过上帝为地球生物划定的界线，跑到人类以外的地方去了。他们还有两个月的空气可供自己呼吸。他们尚有一年的余粮。可是，这之后呢？……一想到这里，即使最冷漠的人也会心跳不已的。

只有一个人不愿承认情况已经到了绝望的程度。只有一个人仍有信心，那就是他们的忠实朋友，同他们一样勇敢坚定的正直的J.-T.马斯顿。

再说，他的眼睛仍一直在盯着他的朋友们。从今往后，他的家就定在朗斯峰天文台了；他的视野就是那架巨型望远镜的反射镜。只要月亮一从地平线上升起，他就将它框在望远镜的视野里，目光一刻也不离开它，执着地紧紧盯着它穿过星空在运行。他矢志不渝地耐心地观测着炮弹车厢经过月面。这个可敬可爱的人真的在与他的三个朋友保持着永远的联系，他坚信总有一天会再见到他们的。

“我们会与他们联系上的，”一有机会，他逢人便说，“我们会有他们的消息的，而他们也将得到我们的消息！再说，我了解他们，他们是才智出众的人。就凭他们三个人，就能将艺术、科学和技术的精华带到太空。有了这种本领，一个人就能心想事成，而你们将看到，他们会摆脱困难，克难成祥！”

作者简介

儒略·凡尔纳（1828—1905）

法国小说家、博物学家，被誉为“科幻小说之父”。作品受到各国读者的喜爱，称其是“科学家中的文学家，文学家中的科学家”。本书是他的代表作之一。

绘者简介

奥古斯丁·科莫托

西班牙插画家。获 2006 年阿根廷 IBBY 最佳插画奖提名、墨西哥经济文化基金会颁发的风岸奖，并上榜 2002 年德国“白乌鸦”书单，作品在多国出版。

译者简介

陈筱卿（1939—2020）

翻译家。北京国际关系学院教授、研究生导师、国务院政府特殊津贴获得者。

点亮亲子学院

培养有国际竞争力的中国孩子